新 潮 文 庫

ポーカー・フェース

沢木耕太郎著

新 潮 社 版

9954

目次

挿画　小島　武

ポーカー・フェース

男派と女派

初体験、などと書くと妙な気配をかもしだしかねないので、単純に初めての経験といっておくことにするが、だれにも、そしてなにごとにも、初めて経験するときというのがあるものだ。

しかし、だんだん年齢を重ねていくと、初めて経験することが少なくなってくる。あれもこれもやったことがあるし、あそこにもここにも行ったことがある。あれも食べたことがあるし、これも飲んだことがある、というようになってしまう。

それでも、やはり、あるときはあるもので、最近（といっても、二、三年前であるところが恐ろしいが）、久しぶりに初めての経験を立てつづけにすることになった。

ひとつは旅先での盗難である。

これまで、日本の国内外を問わず、ずいぶんいろいろなところを旅してきたが、ただの一度も盗難に遭ったことがなかった。二十代の頃、タイの田舎でバックパックにつけていた「根付け《ねっ》」を小さな男の子に持っていかれてしまったことがあるが、これなど「さよなら」の挨拶《あいさつ》のかわりのようなもので、盗難に遭ったなどと目くじらを立てるほどのものではなかった。とにかく、それを除けば、いっさい物を盗まれたことがなかった。

きわどいことがなかったわけではない。

テレビの番組でサッカー関係のドキュメンタリーを作ることになり、当時オランダの「フェイエノールト」に所属していた小野《おの》伸二《しんじ》にインタヴューすることになった。ロッテルダムに行き、ホテルにチェックインし、夕食をとるためスタッフの二人と街に出た。日曜日のせいか、あまり人の気配がない。閑散とした街の通りを三人でぶらぶら歩いていると、不意に二人の男が走り寄ってきて、身分証明書のようなものをかざしながら英語で言った。

「ポリスだ。いまドラッグの捜査をしている。パスポートを見せてくれ」

しかし私は、理由はわからないままに、何か怪しいと感じたのだと思う。胸のポケットにしまわれた身分証明書を指さし、ひとりの男に言った。

「申し訳ありませんけど、そのＩＤをもういちど見せてくれませんか」

そんなやりとりをしているうちにも、もうひとりの男がスタッフの二人に「パスポート！　パスポート！」とせかし、パスポート入れからパスポートを出させている。

一方、私の前にいた男は「わかった、わかった」と言いながら、ゆっくりと胸のポケットに手を入れていたが、次の瞬間、もうひとりの男が「オーケー！」と叫ぶと、二人は私たちの前から走るように離れ去っていった。

その間、わずか二、三分である。さすがに私も意味がわからず呆然《ぼうぜん》としていると、スタッフの二人が頓狂《とんきょう》な声を上げた。

「あっ、やられた！」

「俺もだ！」

パスポートと一緒に入れておいた現金がいつの間にか抜き取られていたというのだ。のちに、ヨーロッパに永く住んでいる知人に聞いたところによると、それは最近流行の盗みのテクニックで、パスポートと現金を同じところにしまっておくことが多い日本人観光客を狙《ねら》った、新手のスリなのだという。

危うく難を免れた私は、スタッフの二人にちょっぴり自慢げに言ったものだった。

「やはり、経験の違いが出たね」

もっとも、その二人は、いつ抜き取られたかもわからない早業について、ことあるごとに吹聴《ふいちょう》していたようだから、「話のネタ」代として、あるいは充分にモトは取っていたのかもしれない。

ところが、その私が、中国は陝西《せんせい》省の西安でバックパックごと盗まれてしまったのだ。香港《ホンコン》から新疆《しんきょう》ウイグル自治区のカシュガルまで、乗合バスを乗り継いで旅をしている途中だった。かつて二十代で香港からロンドンまで旅をしたとき、中国はまだ一般の旅行者に開放されていなかった。そのため、ユーラシアの外縁を回らざるをえなかったその旅では、本当の意味でのシルクロードを行くことができなかった。シルクロードとは、かつて唐の都だった長安、現在の西安から西に向かう道であるからだ。私がバックパックを盗まれたのは、中国への旅も佳境に入り、いよいよこれから本物のシルクロードの旅が始まるというまさにそのときだった。

西安のバスターミナルで、天水《てんすい》行きのバスを待っていた。天水がどんなところかまったく知らなかったが、天の水というその名の美しさに惹《ひ》かれてシルクロードにおける最初の「寄港地」として選んだのだ。

私はバスのチケットを買い、待合所で出発時間が来るのを待っていた。それまで、中国のバスには無数に乗っていた。香港から西安までの道のりも実にはるかなものだったからだ。大きかったり小さかったり、綺麗《きれい》だったり汚かったり、寝台車だったり普通車だったり、さまざまなバスで街から街へと乗り継いできていた。中国の人に、私が通ってきたルートを示し、そこをすべてバスに乗ってきたと言うとずいぶん驚かれたものだった。私は中国をバスで旅する「エキスパート」になりつつあった。少なくとも、そう思うようになっていた。

中国の治安はさほど悪いとは思えなかった。最初は盗難についていつものように警戒していたが、街なかでも、ホテルでも、バスの待合所でも、まったく問題が起きなかった。あるとき、バスのチケット売り場の窓口でいろいろなやりとりをしたため、うっかりフリースの上着をカウンターの横に置き忘れてきてしまったことがあった。そこを離れて一時間ほど後に気がついたが、もうなくなっているだろうとなかば諦《あきら》めていた。ところが、念のため戻ってみると、そのままの状態で残っていたのだ。

こうしたことの積み重ねがあって、私の心にどこか油断があったのだろう。

西安のターミナルの待合所で待っているとき、ふと天水行きがどんなタイプのバスなのか気になってきた。バスは待合所の外に待機しているはずだった。私は、ベンチにバックパックを残し、扉の外に出て天水行きが中型のごく普通のバスであることを確かめると、すぐに戻ってきた。その間、わずか一分か、二分にすぎなかったと思う。しかし、私のバックパックは消えていた。まさに、煙のように。

その瞬間、私は、しまった、と思った。

これまで、バスの待合所では、どんなときにもバックパックだけを残すなどということをしたことはなかった。どうしても置いていかなければならないときは、周囲にいる何人かに、これを見ていてくれませんかと頼んでから離れることにしていた。それが、つい、これまでの安全さに油断して、何も手を打たないまま離れてしまった。

——盗まれてしまったか……。

これまで、旅先でまったく盗難に遭ったことがないというのをささやかな誇りにしていたようなところがあったので、少々打ちのめされた。

とりあえず、私はターミナルにある遺失物係の部屋に行き、荷物が盗まれてしまったと英語で告げた。係の人は、英語がわからなそうだったが、私の顔つきと雰囲気ですぐに状況を理解してくれたらしく、それは残念だったね、というようなことを中国語でボソボソと言い、台帳を取り出した。そして、机の上に転がっているボールペンを渡し、ここに記入するようにとジェスチャーで示した。

台帳には、姓名、住所、荷物の種類を書くようになっている。私は渡されたボールペンで名前を書き、住所を書いているうちに、そうだ、と思った。

そうだ、こんなことをしても仕方がない。なくなった荷物が出てくることは万にひとつもないだろう。だからといって、「泥棒」をつかまえようと警察が捜査してくれるはずもない。

それに、と私は思った。それに、バックパックの中にはたいしたものが入っているわけではない。少なくとも「泥棒」にとって金目の物はまったく入っていなかった。現金とパスポートとカメラは小さなショルダーバッグに入れて、これは一時も体から離すことなく持っていた。バックパックには洗面道具を除けば、本と着替え用の服と下着類くらいしか入っていなかったのだ。

ただ、「泥棒」にとってはまったく意味のないものだったが、私にとって大事なものが二つ入っていた。ひとつはフィルム、もうひとつは宿の領収書やバスのチケットの片割れなどが突っ込んであるクリアーケース。未使用のフィルムは惜しくなかったが、これまでさまざまな土地で撮ってきたものがなくなってしまうのは残念だった。それ以上に残念だったのは、領収書やチケットの類《たぐ》いだった。あとで文章を書くとき、最も重要なのは、そうした断片的な資料であることが多いからだ。

しかし、私は他の人が呆《あき》れるくらい立ち直りが早いらしい。このときも、すぐにこう思った。

旅に荷物はつきものだが、旅は荷物が少なければ少ないほど快適なものになる。バックパックをそっくり盗《と》られてしまったということは不運だったが、逆に考えれば、まったく荷物なしで旅ができるということでもある。幸い金はある。必要最小限の物はどこかで買えばいいのだ。私は、荷物なしで旅することができるようになったことを「ラッキー！」と思うことにした。

そして、実際、それはとても快適だった。歯ブラシや歯磨き粉などを買い求め、下着などは中国製の安いものを買い捨てていく。そうすることで、カシュガルまでの旅を完遂することができたのだ。

だが、その「盗難」の話はそれでは終わらなかった。しばらくして、なくなったはずのバックパックがそっくり出てくるというオマケがついた。

旅の終り近く、日本の留守宅に電話をすると、びっくりするようなことが伝えられた。

北京《ペキン》の日本大使館から連絡があり、私の名前と中国に旅行中だということを確認すると、こんなことを言い出したのだという。西安で日本人のものと思われるバックパックが見つかった。中身を調べさせてもらうと、どうやらお宅の御主人のものらしいことがわかった。西安のバスターミナルの遺失物係には、不完全なものだが当人の手で盗難届けが出されてもいる。危険に巻き込まれたということではないので安心してほしいが、もし旅行中の御主人から連絡があったら、その荷物が届いているので日本大使館に電話をするように伝えてくれないか……。

私はバックパックが出てきたということに驚き、すぐ日本大使館に電話をした。色や形状を確かめると、間違いなく西安のバスターミナルで盗まれた私のもののようだ。私は日本に帰るとき北京に寄ってピックアップさせてもらうことを約束した。

その電話の中で、盗まれたものが戻るというのは中国ではとても珍しいことなのだと言われた。珍しいというより例がないと。どこで見つかったのか訊《たず》ねると、バスターミナルのベンチの上ということだった。

それを聞いて、もしかしたら、あのとき私が確かめるべきベンチを間違えてしまったのではないかと不安になった。ターミナルの外に出て、戻ったときに方向感覚を失い、別のベンチの方に行ってしまったのではないか。実際は盗まれたりしておらず、いつかの上着と同じように、どこかのベンチに置きっ放しになっていたのではないか。単なる私の「ウッカリ」だったのではないかと。

しかし、それは置き忘れではなく、れっきとした「泥棒」による「盗難」だった。

ったカシュガルまでのバスの旅を終えた私は、飛行機でウルムチを経由して北京に向かった。予定では、まったく北京に寄るつもりのなかった私は、思いがけない出来事によって初めて中国の首都に行くことができたことを、これまた「ラッキー！」と思った。北京飯店に泊まり、翌朝、秀水街というところにある日本大使館を訪ねた。そこで私が受け取ることのできたのは、西安で消えたものと寸分違《たが》わない私のバックパックだった。

ホテルに戻り、急いで中身を確認した。

驚いたことに、なくなっているものはほとんどなかった。このとき、ふたたび、やはりあのバスターミナルの待合所のベンチに置き忘れただけではないのかと思った。ただ置き忘れたものが発見されただけではないのかと。

だが、よく点検してみると「きちんと」盗まれていた。

中国の紙幣は恐ろしく汚いものが多い。内陸に入れば入るほど紙幣の疲弊度は高く、ボロボロになっていく。そこで、たまに「ピン札」のようにきれいなものにぶつかると、なんとなく嬉《うれ》しくなって、栞《しおり》のようにして本のあいだにはさんでおいた。もっとも、それは一元や五角といった小額紙幣で、日本円にして十円、五円といったていどのものである。数にして、三枚か四枚。それがすべて消えていたのだ。

しかし、盗まれていたのはそれだけだった。まったく、申し訳ないくらい、何も盗むものがなかったのだろう。

それにしても、どうして元のところに戻してあったのだろう。いや、戻してくれたりしたのだろう。

開けてみたら、どうやら外国人の物で、領収書やチケットの類いが大切そうに保存されている。もしかしたら、大事なものなのかもしれない。このまま捨てたりしてしまうのはかわいそうだ。そう思ってくれたのかもしれない。

いずれにしても、私は生まれて初めての「盗難」で、実に心やさしい「泥棒」に当たったことになる。


このときの中国への旅では、もうひとつ初めての経験をすることになった。

それは雲南《うんなん》省の昆明《こんめい》でのことだった。

広西《こうせい》チワン族自治区から貴州《きしゅう》省の山深い村々を抜け、雲南省の昆明に到着した。それまでの行程が苛酷《かこく》だったこともあって、昆明のホテルにチェックインをしたとき、ようやく辿《たど》りついた、というほっとする思いがした。それもあって、シャワーを浴びてから街に出たとき、どこか浮き浮きしていたかもしれない。

繁華街を抜け、公園に入ると、そこに何人かの靴磨きが座っていて、ひとりの老人と眼が合ってしまった。

老人は、ここに座って靴を磨かないか、というように前にある簡素な丸椅子《まるいす》を指さす。

そのとき、自分でも驚いたことに、ふと磨いてもらおうかと思ってしまったのだ。

これまで私は、日本でも外国でも、およそ靴磨きなるものをしてもらったことがなかった。自分の靴は自分できちんと磨くという習慣があったからというわけではない。日頃履いている靴が、スポーツシューズやウォーキングシューズで、靴磨きをお願いするような本革の高級なものではなかったからだ。

それともうひとつ、たとえ高級な革靴を履いていたとしても、低いところに座っている人に向かって靴を突き出すという行為が、なんとなく横柄《おうへい》な態度のように思えていたということもあったかもしれない。稀《まれ》に革靴を履き、遠隔地に取材に行くことがある。そんなとき、訪問先にうかがう前に靴のひどい汚れを落としておきたいと思うことがある。しかし、それでも、靴磨きに頼まず、駅のトイレなどで応急の靴磨きを自分でしてしまうのは、やはり、磨いてもらうときの自分の姿がいやなのだと思う。

ただ、そのときは、昆明に着くまで、私の靴はあまりにも悲惨な目に遭いすぎていた。

寝台バスの中で、アップダウンの激しいつづら折りの山道に耐え切れず、上の寝台にいた子供が嘔吐《おうと》し、その吐瀉物《としゃぶつ》が脱いであった私の靴にふり注がれてしまうということがあった。それはかりか、トイレもないところで用を足さなくてはならず、それぞれで好きな場所を探していると、ズルリと滑って汚い泥の中に突っ込んでしまうということもあった。

昆明の公園で靴磨きの老人に誘われたとき、ふと珍しく磨いてもらおうかなと思ったのは、あまりにも悲惨な目に遭ってきた我が靴を「慰労」してやりたかったからなのだ。

「いくら？」

私が中国語で訊《き》くと、老人が答えた。

「一元」

約十五円だ。なんだかとても暇そうなのもかわいそうに思え、磨いてもらうことにした。

私が丸椅子に座ると、まず汚れを拭《ふ》き取り、クリームを塗り、ていねいに磨き上げてくれた。その時間たるや、二十分をはるかに超えていたのではないだろうか。これで一元では申し訳なさすぎる。感謝して二元渡すと、靴磨きの老人は歯を見せるほど笑って喜んでくれた。私は老人に靴を磨かせてしまったという罪悪感より、自分の靴を「慰労」できただけでなく、老人にも喜んでもらえたという幸せな気分になることができた。

もっとも、だからといって、これからは大いに靴磨きをしてもらおうと思うようになったりはしなかったが。

初めての経験ということで言えば、初めて食べたり飲んだりしたものの記憶というのもかなりはっきり残っているものだ。

小学生の頃、友人の家の応接間で、花模様の美しいティーカップに入れられた紅茶を飲んだときのことが忘れられない。出窓のガラス越しに差し込んでくる陽光を浴びて、真っ白な陶磁器に赤みを帯びたストレートの紅茶が透き通るように輝いていた。それまで紅茶を飲んだことがないはずはないが、一緒に出してくれたバームクーヘンのおいしさとあいまって、そのときが私にとって初めての紅茶体験になったのだと思う。

それと同じように、まったく初めてではなかったはずだが、なぜかそのときが初めてのように記憶されているものに、カウンターで食べた鮨《すし》がある。

二十代のとき、ある人が神田の「鶴八《つるはち》」という店に連れて行ってくれたのだ。親方、と呼ばれる店の主人はいかにも頑固そうだったが、すぐに打ち解けた話ができるようになった。それは連れて行ってくれた人がその店の常連だったということも大きかったのかもしれない。

二、三のつまみで酒を呑《の》んでいると、親方がすっと付け台に置いてくれたものがある。白身の刺し身のようだがどこか違っている。白身の透明感がなく、白濁している上に形も整っていない。いったいこれは何なのだろう。不思議に思った私は親方に向かって訊ねてみた。

「これは何ですか？」

その瞬間、私を連れて来てくれた人が少し困ったような顔になったのがわかった。こんなものも知らない奴《やつ》を連れてきてしまったかと思ったのかもしれない。注文もしてないものを好意で出してくれた。しかし、出された方がそれがどういうものか知らなかった。出した方はがっかりするだろう。そういうことだったのかもしれない。私は、訊いてはいけなかったのかな、と少し不安になった。

ところが、親方は逆にとても嬉しそうに答えてくれた。

TAQPUAN
NATIN
club house
T.J. SING HONG
JMG
CLUB

「これは平目のエンガワと言いましてね、ちょっと食感が違っていて、なかなか悪くないものなんですよ」

その親方の言葉に不安も吹き飛んだ。そして、その対応の仕方を「カッコイイ」と思った。経験の少ない若造がおずおずと訊ねてきた。それに対して、相手を恥ずかしがらせるようなことはせず、さりげなく教えてくれた。以来、鮨屋というものに対する私の物差し、メートル原器は、神田の「鶴八」に置かれることになった。

のちに、このときのやり取りを持ち出すと、親方はこう言ったものだった。

「あたしたちは魚のプロです。素人《しろうと》に魚のことを訊ねられて、きちんと説明するのは当たり前のことです。素人のくせに知ったかぶりをする客にはちょっとした嫌みを言うことはありますがね……」

そこで親方は真顔でこう付け加えた。

「でも、知らないことを真っすぐ訊いてくれる方は、あまりいないもんなんですよ」

私はこうしてひとつのことを学ぶことができたのだ。

知らないことは恥ずかしがらずに「真っすぐ」訊ねる。そして、こちらも訊ねられたら、たとえそれがどんなことであれ軽蔑《けいべつ》したりせずにきちんと答える。

実際、外国に行っても、私はよく人に訊くらしい。

私は外国へ取材に行くときもほとんどの場合ひとりである。編集者やカメラマンと行動するのが面倒だからだ。しかし、オリンピックやワールドカップのような大きなスポーツ・イヴェントでは、日本から来た編集者やカメラマンと一緒に行動することも起こってくる。街を歩いているとき、そんなひとりの編集者が感心したように言ったものだった。

「沢木さんて、何でも人に訊いちゃうんですね」

そう、私は何でも人に訊いてしまう。そして、教わるのだ。

あるとき、その神田の「鶴八」で鮨を食べていて、親方がこんな話をしてくれたことがある。

親方は柳橋《やなぎばし》の「美家古《みやこ》」という店で修業したらしいのだが、そこを「卒業」するとき、「美家古」の親方にこう言われたという。ここは「花街」だから意識的に鮨を小ぶりに握っている。それは、酒を呑みながらいろいろな料理をつまんだあとで食べることが多いという特別な条件があるからだ。これからおまえが店を出すのは「町場」だろう。そのときここと同じような鮨を握ってちゃいけないよ、と。

「だから、親方が柳橋で握っていた鮨に比べると、あたしがここで握る鮨はいくらか大ぶりなんですよ」

それを聞いたからかもしれない。私はふとこんなことを訊《たず》ねていた。

「いままでの人生で、大事なことというのは男と女のどちらに教えてもらいましたか」

すると、その質問が親方には意外なものだったらしく、鮨を握る手を一瞬休めて訊き返してきた。

「おやじとかおふくろとかを含めてですか？」

「鮨の親方を含めてもいいですよ」

「そうですねェー」

親方はしばらく考えてからこう言った。

「やっぱり、男かな」

「男ですか……」

私が言うと、逆に親方が訊き返してきた。

「沢木さんはどうなんです」

「そう、僕の場合は……女のような気がするな」

「意外ですね。沢木さんこそ男からという気がするけど」

「でも、やっぱり女からですね」

私が言うと、主人はちょっぴりそれに対抗するように、さっきよりはるかにきっぱりした口調で言った。

「あたしは男からだな」

「むしろ、親方の方が女から教えてもらったという感じがするけど」

「いや、女に教わるより、男に教わることの方が多かったな」

「どうしてだろう」

「それは、やっぱり、酒が呑めなかったからじゃないですかね」

「酒が関係ありますかね」

「そりゃ、ありますよ。沢木さんは呑めるからいいですけど、あたしはまったく呑めなかったから」

「呑めない人ほどマメだっていう説もありますよね」

「いやいや、そっちの方面はさっぱりで……」

「それは信じられませんけどね」

そこで大笑いになって話はケリがついたのだが、一生のうちで、男と女のどちらから学ぶことが多かったかというのは、案外その人を理解する重要な手掛かりになるかもしれないなと思ったものだった。

たとえば、「無頼派」とひとくくりにされることの多い三人の作家がいる。坂口安《さかぐちあん》吾《ご》と太宰治《だざいおさむ》と檀一雄《だんかずお》の三人だ。

その中で、最も「女出入り」の多かったのは太宰治だろうし、檀一雄も負けてはいなかった。しかし、女から学ぶことの多かったのは坂口安吾ではなかったかという気がする。妻である坂口三千代が書いた『クラクラ日記』を読むと、坂口安吾の女性に対する意外なナイーヴさをうかがい知ることができる。たぶん、坂口安吾は三千代によって大きく変わった。それは、三千代と知り合ってから書いた「青鬼の褌《ふんどし》を洗う女」と、それ以前の「白痴」を比べてみるだけでわかる。「青鬼の褌を洗う女」には、まったく新鮮な存在としての女というものに感動している坂口安吾がいるのだ。

しかし、檀一雄は、最初の妻である律子と結婚しても、二度目の妻となるヨソ子と再婚しても、愛人である久恵と同棲《どうせい》しても、本質的には何も変わらなかった。人を恋いながら、孤独を恋う。そうした彼は彼として不変であり、女たちと一緒に暮らすことによって変わることがなかった。それは、たぶん、太宰治も同じであったように思われる。

一方、三千代と暮らしはじめた坂口安吾は、自分が変わっていくことを認める柔軟さがあった。少なくとも、坂口安吾は女によって変わることを厭《いと》わなかった。そして、それが結局、教わるということなのだ。

靴磨きと、カウンターで食べる鮨。私がその初めての経験について思い出したのには理由がある。テレビで、ある番組を見たのだ。

もっとも、近頃はあまりテレビを熱心に見ていない。あれほど好きだったのに、自分でも意外に思うほど見る時間が短くなってしまった。理由はいくつか考えられるが、基本的には私が面白いと思う番組が少なくなってしまったからだろう。友人には、冗談半分に、ＮＨＫとテレビ東京がありさえすれば他の局は不要だ、と言ったりもしている。

ところが、先日（こちらは掛け値なしの「先日」だったが）、偶然のことから二本も続けてドキュメンタリー番組を見ることになった。

一本目は、仕事場で遅い昼食をとったあと、ひと休みしながらテレビをつけると、たまたまＮＨＫの衛星放送でやっていたのだ。すでに始まってから何分かは過ぎているようだったが、見ているうちに強く惹《ひ》きつけられた。

それは新橋駅前で五十年以上も靴磨きをしている老女のドキュメンタリーだった。

戦後しばらくして夫が病気で死に、二人の子供を育てるためにやむなく靴磨きを始めたという。

九十に近くなり、いくらか背中は丸くなっているが、いまなお現役として朝から夕方まで靴を磨いている。

「浮気をしているとわかるんですよ」

とその老女は言う。よそで、ひどいクリームで磨かれた靴は、呼吸ができなくなって革が苦しそうに喘《あえ》いでいるのだそうだ。艶《つや》を出すのはやはりナイロンのストッキングがいちばんいいとも言う。

靴磨きの料金は、磨きはじめた頃は三十円だったが、いまは黒靴が五百円に、茶色の靴は六百円になっているという。色の違いによる百円の差はどこからくるのだろう、などと考えているうちに番組は終わってしまったが、その老女の上品な物腰と話し方には深く心を動かされるものがあった。

その夜、これも偶然、NHKの地上波で、銀座の有名な鮨屋《すしや》の主人についてのドキュメンタリー風の番組をやっているのを見ることになった。

幼い頃に家が傾き、七歳で奉公に出されたのだという。それ以来、働きづめの一生だったらしい。しかし、三十五歳で銀座に鮨の店を出すと、たゆまぬ努力が報われ名店として認められるようになり、ついにはミシュランの東京版ガイドブックで三つ星を取るまでになった。

彼は八十半ばになったいまも工夫することをやめず、少しでもおいしい鮨を出そうと精進しているらしい。その番組の中で、彼は何度となく「もっと上を目指す」というような言い方をしていた。

たまたま一日のうちに、同じ八十代の老女と老人のドキュメンタリーを見たということもあったのだろう。しかも、その二人は、新橋と銀座という、ごく近くで仕事をしている「職人」同士だった。彼らは二人とも「職人」として極めてすぐれたものを持っていると思われる。しかし、老女の技ではひとりの客を相手にして数百円しか手に入らないが、老人の技で生み出すのはひとり数万円という金額である。もちろん、客ひとりにかける時間も違うし、経費としてかかる金額も違っているだろう。だが、なんとなく、溜《た》め息をつきたくなってしまった。同じ「職人」として、「革に命を吹き込んでいる」靴磨きの老女の方が、「もっと上を目指す」という鮨屋の老人より、人間としてはむしろ「上」を行っているように思えてならなかったからだ。

その日私が見た二本の番組では、これもたまたまのことだったろうが、揃《そろ》って「職人」としての手を見せてもらうというシーンが出てきた。

　素手で靴を磨いている老女の指は節くれだった男のような太いものになっており、夏でも手袋をしているという老人の指はほっそりとした女のようにきれいなものだった。女性のアナウンサーが鮨屋の老人の指に触れると、その柔らかさに驚きの声を上げるほどだった。

　男の顔は履歴書であると言ったのは、確か大宅《おおや》壮一《そういち》だった。しかし、顔だけでなく、手にも歴史は滲《にじ》み出ている。男であると女であるとにかかわらず、生きてきた歩みが手にも刻みつけられているからだ。

　しかし私は、その二人の手を見て、もし教わることがあるとすれば、鮨屋の老人より靴磨きの老女の方に多くありそうだなと思っていた。

　そう思うのは、やはり、私が教わるということにおける「女派」だからだろうか。

どこかでだれかが

山梨の、中央本線が通っている小さな駅の近くに、一軒のレストランがある。

レストランというより食堂と言った方がいいような外観だが、出すものは由緒《ゆいしょ》正しい「洋食」だ。

その店は老人がひとりだけでやっている。

ドアを開けて中に入ると、キッチンの奥で料理を作っている老人に怒鳴るような大声で言われてしまう。

「遅いよ！」

初めての客は何を言われたかわからないまま要領を得ない声を出すことになる。

「はあ？」

「時間がかかるよ！」

それで、店には客が一組しかいないけれど、料理を作るのに時間がかかると言っているらしいことがわかる。

「かまいません」

そう言って、空いている席に座ろうとすると、またキッチンの奥から老人に怒鳴られる。

「汽車の時間は平気かい！」

なるほど。列車の待ち時間に入ってきて、間に合わないから早くしてくれと催促されるのがいやなのだ。あるいは、時間のことでトラブルになったことが何回かあり、それが「トラウマ」になっているのかもしれない。なるほど。なるほど。

それがわかって、思わず笑いそうになってしまうが、注文をして待っていると、その笑いがだんだん固まってくる。嘘《うそ》いつわりなく遅いのだ。先客は一組しかおらず、老人も奥で一生懸命作っている音が聞こえてくるのに、なかなか料理が出てこない。ようやく先客の料理が出てきて、さあ、もうすぐだと楽しみにしていると、それからがまた長くかかる。一時間に一本の特急が二本ほど通り過ぎたのではないかと思われるころ、ようやくできあがってくる。

ところが、笑いの固まった顔で、出てきた料理を食べはじめると、今度はそのおいしさで表情がゆるんでくる。まさに、「鄙《ひな》には稀《まれ》な」おいしさなのだ。

チキンのソテーにかかっているクリームソースもなかなかなものだし、なにより定食についてくるごはんがおいしい。その上、安いときている。いつのころからか、その駅の近くに住んでいる友人宅を訪ねた帰りには必ず寄るようになったが、時間に余裕がないときは諦《あきら》めざるを得ない。

このレストランのオーナー・シェフの老人が誰かに似ている。他に客がいないときなどは、料理を出し終わったあとにテーブルの近くまできて話し相手になってくれたりするのだが、はて誰だったろうとつい考え込むことになる。

間違いなく、私の知っている誰かに似ているのだ。

先頃亡《な》くなった井上ひさしさんとは一度だけお会いしたことがある。いや、それを「会った」と言ってしまうと言い過ぎのような気もする。「すれ違った」か、「遭遇した」というくらいの表現がふさわしいところかもしれない。

私がまだ二十代で、原稿の書き方が極端に遅いころだった。締切に間に合わないため、よく出版社や新聞社に出向いて書いたものだった。何回かは、それでも書けなくて印刷所まで「連行」されたこともある。

その夜、文藝《ぶんげい》春秋の小部屋で原稿を書いていた。いまとなっては、それがどんな原稿だったかは覚えていない。とにかく、バッグに執筆道具を突っ込んで家を出ると、編集部の脇《わき》にある小部屋に入った。入ったからといって魔法のようにスラスラ書けるようになるわけでもなく、いつまでも白いままの原稿用紙を前にして、このまま逃げ出してしまおうかなどという不埒《ふらち》なことを考えたりしていた。

そんなときだった。小部屋のドアが少し開いて、顔をのぞかせた人がいる。そして、のんびりとした口調でこう言った。

「やってますなあ」

私には一面識もない方だったが、セーター姿のその人が妙になつかしい相手のように思え、つい調子のいい返事をしていた。

「ええ、やっとります！」

それが井上ひさしさんだった。

遅筆堂《ちひつどう》という異名を持つ井上さんも、向かいの小部屋で原稿を書いていらしたのだ。しばらく雑談したあと、どちらが早く「出所」できるか競争しましょうか、ということになった。

意外にも、井上さんが部屋をのぞいてくれたことが大きな刺激になったらしく、私の原稿はそれからほんの数時間で書き上がってしまった。

私はちょっぴり得意になって、井上さんの小部屋のドアをノックするとこう言った。

「そろそろ失礼します」

するると、井上さんはとても心細そうな声で言ったものだった。

「もうお帰りになりますか……」

その瞬間、私はとてもひどいことをしているような気分になり、井上さんが書き上がるまで待っていようかなと、なかば真剣に思ったものだった。

そうしたことがあって、あまり間もないときだった。新聞を開いてびっくりした。《井上ひさしさんが〝蒸発〟》という記事が眼に飛び込んできたからだ。

そのとき、直感的に「書けなかったのだな」と思った。文藝春秋で井上さんとお会いした夜、私にも「このまま逃げ出してしまおうか」という考えが浮かんだことを思い出したのだ。もしかしたら、井上さんはそれを実行してしまったのではないかと。

社会面の上段にかなり大きく載っていたその記事によれば、井上さんはボストンバッグとショルダーバッグに原稿用紙と参考資料をいっぱい詰め込み家を出たという。

《ただ今、売れっぱなし中の人気作家、井上ひさしさんが、九日夜から姿をくらました。連載小説、エッセー、戯曲、対談、講演など、夫婦そろって注文を引き受けたため、手に余る仕事を抱えすぎ、どれも締め切りが間に合わなくなったあげくの逃避行

らしい》

のちに井上さんは、そのときのことを「わが蒸発始末記」というエッセイで面白おかしく書いている。

発端は「歯痛」だったという。宿痾《しゅくあ》とも言うべき「歯痛」を根治するため十四本の虫歯をいちどに抜いてもらった。しかし、抜きっぱなしであることを危ぶんだ友人の歯医者が、故郷の仙台ですべての箇所に義歯を入れてくれることになった。まず最初に六本入れ、しばらくして残りの八本を入れるという計画だった。

しかし、最初のその六本ですら大変だった。麻酔は効かず、施術後も激しい痛みが残ってしまった。痛くて痛くて夜も眠れない。そこで鎮痛剤を大量に飲むと、頭がもうろうとしてくる。痛みに苦しんでいるか、もうろうとしたままか。いずれにしても原稿を書くどころの騒ぎではない。しかし、そんな状態のまま大量の原稿を抱え込むことになってしまった井上さんは、これではいけないと自主的にホテルの部屋に入ることにした。書く前に鎮痛剤を飲み、ベッドに横になると、これまでが嘘のようにぐっすり眠れてしまった。

眼が覚めると、四本の原稿の締切が過ぎていた。どれから謝りの電話を掛けたらいいか、迷っているうちにも瞬《また》く間に時間は過ぎていく。

うろたえているうちに胸苦しくなり、脂汗《あぶらあせ》たらたら、吐気がうつうつ、そうこうするうち時は容赦なく経《た》つ。気がつくともう午後、講演と対談ひとつが完全に吹っ飛んでしまっていた。つまり、家人にも知らせずに入ったホテルの一室で、うろうろろうろたえているうちに締切や約束が次から次へとわたしを追い越して行ってしまったのだ。

そしてついに新聞だねとなり、こうなると決定的に出にくい。それでそのまま閉じ籠《こも》っていたというのがわたしの「蒸発」の、お粗末な真相である。自分の書く滑稽《こっけい》小説の主人公そこのけのドタバタ騒ぎ、文は人なりという平凡な格言が、いまはしみじみ身に沁《し》みる。

だが、厳密に言うと、これは「蒸発」ではなかったように思える。「蒸発」とは、その人がどうしていなくなったか周囲にも理由がよくわからないというものであったはずだからだ。

そこで、少し調べてみると、梶山季之《かじやまとしゆき》が「週刊読売」に「蒸発人間——この奇妙な家出人たちの心理と行動のナゾ」という文章を書いたのが一九六七年の四月、今村《いまむら》昌平《しょうへい》が監督した『人間蒸発』が公開されたのが一九六七年の六月、朝日新聞に「蒸発人間　８６２５４人」という記事が載ったのが一九六七年の七月であることがわかった。

さらに、『現代用語の基礎知識』には、一九六七年の流行語の項に、「未来学」と並んで「蒸発」が取り上げられており、次のように記されている。

《流行語としては、ある日突然に、なんの動機もなく人間が消えてしまう一種の現代病のこと》

つまり、「蒸発」という言葉は、一九六〇年代後半に現れるようになった、新しい「失踪《しっそう》」のかたちを表現するために用いられたものだったのだ。

その「失踪」の目新しさは、「なんの動機もなく」というところにあった。借金とか失恋とか病気といったような明確な理由がないにもかかわらず姿を消してしまう。その「蒸発」が一種の流行語に近いものになっていったのは、高度経済成長が急速に進む中で、つまり家族とか地域とか企業とかにおける人と人とのつながりが希薄化する中で、水が蒸発するように人がかき消えてしまうことが稀なものではなくなっていたことを意味していたのだろう。

一方、井上さんの場合、家族には姿を消してしまった理由が「原稿」にあることはほぼわかっていただろうから、これは単なる「失踪」と言うべきだったかもしれないのだ。

それにしても、人はなぜ「蒸発」するのか。

テレビによく出てくるタレントに伊集院光《いじゅういんひかる》という人がいる。本業がどんなものなのか実はよく知らないのだが、クイズ番組などに出てきて、難しい問題に答えて称賛を浴びたりしている。確かに、雑学的な知識を豊かに持っているらしい。

その伊集院光に『のはなし』という奇妙なタイトルのエッセイ集がある。一番目の「『あそこが痒《かゆ》い』の話」から始まって、八十二番目の「『ん？』の話」まで、「『＊＊＊』の話」、つまり「＊＊のはなし」という短いエッセイが連なっているのだ。

どれも四百字詰めの原稿用紙にして三枚前後の短いものだが、よく練られた内容が素直な文章で書かれている。よく練られた内容と素直な文章。それはすぐれたエッセイの必須《ひっす》の条件でもある。

その中に、「『乗り越したっ』の話」という一編がある。

伊集院光がまだ中学生のころ、家族そろって朝の食事をしていると、テレビでこんなニュースが流れたのだという。

《真面目《まじめ》な中年サラリーマンが、何のきっかけもなく、ある日突然失踪するケースが増えている》

それを見ていた母親が言った。

「何のきっかけもないのに失踪されても残された家族は困るわねぇ」

それに対して、ちょっと生意気になりかけていた伊集院光はこう言い返した。

「『何のきっかけもない』ってのは、残った家族のいい分でさ、本人にしてみれば前から家族も会社もうんざりだったんじゃないの？」

一方、兄はいくぶん中立的にこう言った。

「その日の道すがら交通事故を見たとか、急に『人生とは何か？』なんて考えちゃうようなことが起きたとか、そういうのもあるでしょ」

すると、そのニュースにも、家族のやりとりにも無関心に、ただひとり黙々と新聞を読みながら食事をしていた父親が、ぼそっと言ったのだという。

「『会社の駅を乗り越して、ふと外を見たら、ものすごく良い天気だったから』くらいのものだろう」

それを受けて、伊集院光はこう書いている。

《当時40代の現役サラリーマンだった親父《おやじ》の言葉が、なんだか凄《すご》くリアルで食卓がす

っかり静かになったのを覚えている》

確かに、この父親の言葉には深いリアリティーがこもっているような恐ろしさが感じられなくもない。まさに、「蒸発」の本質を射貫いているようにさえ思える。

ある日、ふと電車を乗り過ごす。すると、あたりの風景がすっかり変わって見えてくる……。

以前、私は世田谷の三軒茶屋《さんげんぢゃや》に仕事場を借りていたが、その借りはじめのころのことだった。

仕事場と都心の試写室や出版社への往復には田園都市線を使うことになる。田園都市線は、渋谷と二子玉川《ふたこたまがわ》のあいだの駅は地下にあり、プラットホームのタイルが駅によって塗り分けられている。渋谷を出ると、池尻《いけじり》大橋が山吹色、三軒茶屋が黄色、駒沢大学が緑、桜新町《さくらしんまち》がピンク、用賀が青という具合だ。

ある日、半蔵門で映画の試写を見て、田園都市線に直結している地下鉄の半蔵門線に乗った。夕方のラッシュアワーだというのに、たまたま乗り込んだ車両に空いた席があり、なんとか座ることのできた私はすぐに文庫本を読みはじめた。いくつ目かの駅に到着し、ふと気がついて視線を上げると、プラットホームに黄色のタイルが見え

る。三軒茶屋に着いてしまったらしい。私は慌《あわ》てて文庫本を閉じると、電車を飛び降りた。

一緒に降りた客の後について階段を上り、改札口を出て、さらに地上に出るための階段を上った。その途中でも、どこか違和感を覚えていたと思う。

——なんとなく妙だ。

しかし、深く考えもせずに地上に出て驚いた。三軒茶屋とは似ても似つかない風景が広がっていたからだ。

私はそこに立ち尽くし、茫然《ぼうぜん》とした。

——いったい、自分はどこに出てしまったのだろう!

だが、しばらくして気がついた。それは、単に、三軒茶屋の黄色いタイルと池尻大橋の山吹色のタイルを見間違えてしまっただけなのだということを。

それでも、駅には戻らず、池尻大橋から三軒茶屋に向かって歩きながら、まったく別の世界に紛れ込んでしまったという不思議な感覚はなかなか消えなかった。そして、思った。このまま歩いていけば、「蒸発」も可能かもしれないと。

ある夏、週末に有名な避暑地に行かなくてはならないという困った事態に陥ったことがあり、一晩の宿を見つけるのにひどく苦労した。ようやく森の奥に見つけることのできた宿に泊まると、部屋のベランダに専用の露天風呂《ぶろ》がついている。私にはことさら露天風呂をありがたがるという趣味の持ち合わせはないが、せっかくのことなので入ってみることにした。

そこは温泉地ではなかったので、檜《ひのき》の湯舟に入っているのが沸かした湯であるのは仕方がないにしても、客が自由に「足し湯」をしたり、「もっと熱く」や「もっとぬるく」したりできるようなコントローラーがついているのが味気ないと言えなくもない。

ところが、そのコントローラーを使って微妙な温度調節をしているうちに、不思議な気分になってきた。私が少年時代に抱いた夢が生々しく甦《よみがえ》ってきたからだ。

私の少年時代の夢は、当時の多くの少年と変わらず、プロ野球の選手になることだった。東京生まれの私がプロ野球の選手になりたいということはジャイアンツの選手になりたいということを意味しており、実際、後楽園球場に行くたびに、いつか自分もここでプレイをするのだと熱い気持を抱きながら試合を見ていたものだった。

しかし、その夢はその夢として、プロ野球の選手以外の職業についている自分の姿を思い描くことがないわけでもなかった。それは豆腐屋だったり、「新しき村」の企業版のような会社の経営者だったり、尺八で門付《かどづ》けをしながら日本中を旅する虚無僧《こむそう》だったりしたが、そのひとつに、山奥の鄙《ひな》びた温泉宿で番頭になるというのがあった。小説で読んだか、テレビドラマで見たのか、いずれにしても少年の私は「記憶喪失の若者が山奥の温泉宿の番頭になる」という物語に魅せられてしまったのだ。

記憶を失い、誰も知らない山奥で、温泉の湯加減を見ることを仕事に、静かに生きていく……。しかし、それには記憶を喪失しないといけない。どうしたら記憶喪失になれるのだろう？

まったく、子供というのは不思議なことを考えるものだ。

いや、その願望は子供のときだけでなく、かなり大きくなるまで抱きつづけていたから、それを実現するために私が井上ひさしさんのように不意に姿をくらましたとしたら、立派な「蒸発」になっていたかもしれない。誰も私が山奥の温泉宿で番頭になりたいなどという願望を抱いていたとは思いもよらなかっただろうからだ。

カウンター式の酒場では、それまで会ったこともない人と、隣り合わせの席に座ったばかりに、気がつくと親しく会話をしているということがある。

あるとき、渋谷の道玄坂《どうげんざか》で呑《の》んでいて、私よりかなり若い男性と言葉を交わすことがあった。趣味のいいスーツを着て、とても物静かな話し方をする人だった。

「あなたと以前どこかでお会いしたことがありますか？」

そう声を掛けられたのがきっかけだった。

「たぶん、ないと思いますけど」

私が言うと、こう訊《たず》ねてきた。

「スペインにしばらくお住まいだったことはありませんか？」

「旅行では何度か行ったことがありますけど、長く滞在したことはありません」

私はそう答えたが、これと同じことを以前も言われたことがあるのを思い出していた。そのときは、電器店の販売員にこれこれの時期にニューヨークにいたことはないかと訊ねられたのだ。残念ながら、その時期はちょうどユーラシアへの長い旅をしているときだったのでアメリカにいることはできなかった。しかし、同じ時期にアフガニスタンのカブールとアメリカのニューヨークの両方にいたとすれば面白かったのになどと思ったものだった。

そんなことを話してるうちに、いつしか「自分に似た人」という話題に入っていた。世の中には、誰でもどこかに自分と似た人がひとりかふたりはいるという、あの話だ。

するとしばらくして、その人がいささか思い詰めたような表情で話しはじめた。

「こんなことを言うと馬鹿《ばか》にされるかもしれませんけど、私は自分のことをとても幸せな男だと思っています。両親はやさしくてものわかりがよく、兄とも妹ともほとんど喧嘩《けんか》をしたことがないほど仲がよく、経済的にもとても恵まれた幼少年期を過ごしました。成人し、結婚して自分の家庭を持ってからも、およそ不幸と思わなければならないようなことにぶつかったことがありません」

私は何を言い出すのだろうと思った。自分がいかに幸せかということを酒場で話したりする人になどこれまで会ったことがなかったからだ。しかし、その人は、自分がいかに幸せな人生を送ってきたかを喋《しゃべ》りつづけた。

「世の中でいわゆる一流と呼ばれる大学を出て、やはり一流と考えられている会社に就職し、やりがいのある部署に配置され、気持のやさしい妻と結婚し、女の子と男の子の二人の子供に恵まれ、これ以上はないという幸せな人生を送っています」

この人は何が言いたいのだろうと奇妙に思いはじめたが、黙って耳を傾けた。

「でも、いつのころからか、こんな考えが浮かんできて消えなくなってしまったんです。この広い地球には、私と瓜二つ《うりふた》の人物がいて、彼がおよそ不幸という不幸を引き受けてくれているのではないか、ということです。私は私Aであり、どこかに私Bがいる。私がこんなに幸せでいられるのも、私Bが不幸せをすべて引き受けてくれているからではないだろうか。私はいつのころからかその私Bに負い目を感じるようになったんです。私はなにひとつ不自由なく暮らしています。ところが、私Bは不幸せをすべて引き受けて苦しい日常を生きているにちがいない」

それは実に不思議な考え方だった。どこかに自分とよく似た人がいて、その人が自分の「負」の部分をそっくり引き受けてくれているというのだ。

「でも、いつまでも私が幸せでありつづけ、私Bが不幸せな状態が続くということはないはずです。どこかの時点から私の幸せの量が少なくなり、それと同時に私Bの幸せの量が増えていくことになる。そして、最終的には二人の幸せと不幸せの総量が同じになりバランスが取れることになるんです」

つまり、その人と、その人によく似た誰かとは、幸と不幸の見えないシーソーに乗っていて、一方が上になると他方が下になるというのだ。ギッコン、バッタンと。

「私は、これから、どんどん幸せを失っていくんだと思います」

「どうして、そう思うんですか？」

私が訊ねると、その人は少し口ごもってから、話しはじめた。

「最近、幻覚が襲ってくるようになったんです。いや、幻覚というのとも少し違っているように思えます。たとえば、デパートの屋上で子供たちのお守りをしながら、金網越しにプラモデルのように小さく見える車が走っている下の道路を覗《のぞ》き込みます。そして、もしここを乗り越え、飛び降りたらと想像します。私には飛び降りなければならない理由などありません。でも、なぜか、もしここから飛び降りたらどうなるかと考えてしまうのです。すると、その次の瞬間、ゆっくり落ちていく私が見えてきます。いや、落ちていく私が見えるというより、落下していく感覚が体の中に生まれてくるといった方がいいかもしれません。落ちていく私が感じられるんです。そして、地面がぐんぐん近づいてきて、そこに激突する瞬間の痛みが体の中を走るのです。

あるいは、日曜の朝に風邪を引いてしまった妻のピンチヒッターとして朝食を作っているようなとき、ナイフを持った右手がふと止まり、その刃先をじっと見てしまうようなことがあります。もし、これを首筋に当てて引いたらどうなるのだろう。私にはそんなことをしなければならない理由はひとつもありません。でも、首筋に当てたナイフを思いきり引いているところが頭に浮かんでしまうのです。すると、次の瞬間、私の首筋に鋭い痛みが走り、大量の血が噴き出てくるのが感じられます。公園を散歩していると、そこにある池で溺《おぼ》れている自分が感じられます。泳ぎには自信があるのに、そこでの私は誰かに池の中に引きずり込まれでもしているかのようにもがき苦しんでいるのです。それらは常にほんの一瞬のことでしたが、本当に肉体的な痛みをもたらすんです。

私は、頻繁に、どこからか落ちたり、溺れたり、何かにぶつかったり、切ったりする痛みを覚えるようになりました。実際、何度、私は悲鳴やうめき声を上げたことでしょう。周囲に家族や知人がいるときは咳払《せきばら》いをしたりしてごまかしていましたが、妻だけはそのたびに不安そうな視線を向けるようになりました。でも、私にはわかっていました。これはシグナルなのだと。彼から私に向けて発せられたシグナルなのだと。やがて、いつかは不幸せの量が減ってくるにしても、今の今、私Bはその不幸せに押し潰《つぶ》されそうになっている。あまりの苦しさつらさのため、いつも死を思うようになっている。デパートの屋上から飛び降りようとしたり、刃物で自分を刺そうとしたり、海や河に身を投げようとしているにちがいありません。

もし幸と不幸のバランスが取れないまま私Bに死なれてしまったら、私はひどい罰を受けなくてはなりません。だって、そうでなくては、フェアーじゃありませんから。でも、なんとか私Bに頑張ってもらって、幸せになってもらわなくてはなりません。でも、幻覚に似たことは最近ますます頻繁に起きるようになって……」

そこまで話すと、彼は急に我に返ったように言った。

「こんなことを言うと、精神的に病んでいるんじゃないかと思われるでしょうね」

なんとも返事のしようがなかったが、不意に酒場のおかみが私に話しかけてきて、その話題はそこで中断された。以後、その男性には会っていないが、時に思い出すことがある。あれから、あの人はどうなったのだろう。彼の乗っているシーソーは本当に不幸せの方に傾いたのだろうかと。

先日、中央本線の駅の近くにある例のレストランで食事をしながら、そうだ、と思いついた。

——そうだ、この老店主は小田島《おだしま》さんに似ているのだ！

ちょっとせっかち気味な話しぶりといい、頭髪の薄くなり具合といい、あのシェイクスピア学者の小田島雄志《ゆうし》そっくりなのだ。もしかしたら、この人が小田島さんにとって世界にもうひとりいるという瓜二つの人物なのではないかと思えるくらい似ている。

ひょっとすると、私が温泉宿の番頭になりたかったように、小田島さんにも、駅前食堂の親父《おやじ》になりたかったという夢があり、幽体離脱した思いがあのレストランの親父にさせていたりして……。

しかし、少なくとも、酒場で会った男性が話していた、よく似た二人に訪れるという「幸・不幸シーソー説」は虚説だということがわかった。

二人とも、なんだかちょっとせかせかしているが、小田島さんはいつもとても楽しそうに劇場に姿を現すし、レストランの老店主はいつもとても嬉《うれ》しそうに料理を持って出てくる。二人が同じシーソーに乗っているとしたら、どちらも同じ高さの「幸」の側になっていそうであるからだ。そんなシーソーは存在しない。

それにしても。

山深いどこかの温泉宿で、私によく似た人が番頭をやっていたとしたら……。想像すると、なんだか彼が羨《うらや》ましく感じられたりもする。

悟りの構造

アメリカの伝説的な作家であるJ・D・サリンジャーが死んだ。

その報を聞いて、私がまず思い浮かべたのは、『ライ麦畑でつかまえて』のことでもなければ、『ナイン・ストーリーズ』のことでもない。彼の娘が書いた不思議なところのあるサリンジャー論でもなければ、トマス・ピンチョンは実はサリンジャーなのではないかという都市伝説でもない。彼が彼自身について語っていたひとつの「予言」である。

サリンジャーは『フラニーとゾーイー』を刊行した際、本のカヴァーにこう記したのだという。

《遅かれ早かれ、わたしが自分自身の手法、表現、文体に行きづまり、ひょっとしたら完全に姿を消してしまう可能性は、十分にある》

これは、アメリカのノンフィクション・ライターであるジョン・マローンが書いた『当った予言、外れた予言』（古賀林幸《こがばやしさち》訳）というタイトルの本に収録されている言葉だ。

あまりにも未来の自分自身を正確に「予言」していたものと驚かないわけにはいかない。サリンジャーが「手法、表現、文体に行きづま」っていたかどうかはわからないが、ほぼ「完全に姿を消してしまう」ことにはなっていったからだ。

しかし、同じ作家ということでいえば、フランスの作家であるジュール・ヴェルヌの「予言」が、その正確さにおいて質量ともに群を抜いている。といっても、それは自分自身の未来ではなく、来《きた》るべき世界の未来についての「予言」だ。

ジュール・ヴェルヌは、サイエンス・フィクション界の巨星ともいうべき存在で、『地底旅行』や『月世界旅行』や『八十日間世界一周』や『十五少年漂流記』といった作品によって、大人ばかりでなく広く世界中の子供たちにも知られている作家である。

そのジュール・ヴェルヌは、一八六三年に第一作の『気球に乗って五週間』を刊行したあと、『二十世紀のパリ』という作品の草稿を書き上げる。しかし、それを読んだ編集者から内容の荒唐無稽《むけい》さを理由に出版を拒絶されてしまう。

拒絶したのはピエール＝ジュール・エッツェルという編集者である。もしそれがエッツェルでなかったら、あるいはヴェルヌも原稿を完成させようとしていたかもしれない。だが、そのエッツェルは、多くの有名作家を見いだした「目利《めき》き」だったというだけでなく、ヴェルヌの『気球に乗って五週間』がどこの出版社にも認められないとき、ただひとり敢然と出版してくれた恩のある編集者でもあった。

ヴェルヌは、このエッツェルの意見を容《い》れて、『二十世紀のパリ』を完成させることなく出版を諦《あきら》めた。死後、孫たちがこの草稿を探したが、ついに行方がわからなかった。

ところが、それから百年以上たった一九九一年、ヴェルヌの子孫のひとりが先祖伝来の大金庫の中にあったものを整理しているうちに、かなりの完成度を持った『二十世紀のパリ』の草稿を発見したのだ。

その経緯だけでもドラマティックだが、ジュール・ヴェルヌの描いた二十世紀のパリには、驚くべきものが存在することになっている。

内燃機関で走る馬不要の乗り物、オートメーション化された高架鉄道、夜を昼間のように照らす電灯、文字や絵をどんな遠いところでも送ることができる電信装置、高さ百五十二メートルの世界一高い塔……。

ヴェルヌが執筆していた十九世紀の後半と言えば、イギリスのロンドンではコナン・ドイルのシャーロック・ホームズが活躍していたことになっている時代であり、馬車とガス灯の時代だった。そのとき、ヴェルヌは、自動車や電車だけでなく、ファクシミリの存在まで「予言」していたことになる。さらに、驚くべきことに、ヴェルヌが未来のパリに建っていると考えた塔は、その二十数年後にパリの万国博覧会のために建設されるエッフェル塔と、建設場所にして数メートルしか違わなかったという。あるいは、こんなヴェルヌにとって、月までの有人飛行について「予言」することは簡単なことだったのかもしれない。一八六五年に出版された『月世界旅行』の中で、ヴェルヌはその百年後に行われることになるアメリカのアポロ計画をほぼ正確にシミュレートしていた。

ジョン・マローンは『当った予言、外れた予言』の中でこう書いている。

《アポロ八号で月への飛行から戻った宇宙飛行士フランク・ボーマンは、一九六九年にベルヌの孫にあてて、彼の乗ったカプセルは「小説に描かれていた地点から、わずか四キロ弱しか離れていない太平洋上に着水した」と書いた手紙を送った》

だが、実は、この種の本では当たった予言より当たらなかった予言の方が面白いことになっている。

たとえば、電話を発明したグラハム・ベルは、婚約者の父で、全米地理学会の創設者のひとりでもあるガーディナー・G・ハバードなる人物に、背中をぽんと叩《たた》かれ、見下した口調でこう言われたという。

「そんなものはただのおもちゃだ」

あるいは、映画会社「二十世紀フォックス」の総帥《そうすい》ダリル・F・ザナックは、テレビが普及しはじめると、こう言い放ったという。

「みんなすぐ、あの合板の箱を見ているのに飽きるだろう」

こういう挿話を知ると、あまり大きなことを言ってはいけないなと思う。実に多くの人が偉そうなことを「予言」しては後世の笑い者になっている。

しかし、私は他人のことを笑えないのだ。

最近、日本でも電子書籍についての議論がにぎやかになってきている。要するに、問題は日本人が電子的な端末機を使って本を読むようになるかどうかということに尽きるのだろうが、正直に言うと私にはよくわからない。日本人一般についてもわからなければ、私自身についてもわからない。私にはあらゆることに関して未来を見通す力がほとんどないのだ。

ワードプロセッサーのときもそうだった。

それまで、私は原稿を鉛筆や万年筆やボールペンを使って書いていた。原稿は手で書くべきだという強い信念があったわけではないが、自分は未来永劫《えいごう》ワードプロセッサーのようなもので書くことはないだろうと思っていた。ところが、気がつくと、いつの間にかワードプロセッサーに頼り切るようになっていたのだ。ジュール・ヴェルヌが百年以上も前に「予言」していた「文字や絵をどんな遠いところでも送ることができる電信装置」ファクシミリのときもそうだった。私にはまったく必要ないものと利用していなかったのだが、ある連載をしているとき、どうか置いていただきたいと、編集部から仕事場に送りつけられてしまい、まあ、この連載中だけのことだからと使いはじめると、いつの間にかその便利さに負けて使いつづけるようになっていた。

こうした「文明の利器」にまつわる私の未来予知能力の乏しさを如実《にょじつ》に示すのは、携帯電話にまつわる一件だったかもしれない。

あれは、一九八〇年代の前半だったと思う。

久しぶりに香港《ホンコン》に行き、ペニンシュラホテルのロビーに行って驚いた。ティールームで紅茶を飲もうと思ったのだが、多くの席が異様な機器をテーブルの上に置いた男たちによって占拠されていたのだ。それが初期のころの携帯電話だった。固定電話とたいして変わらないほど大きな携帯電話を持ち込み、ペニンシュラホテルのティールームを事務所がわりにしている。

それを放置しているホテル側も不思議だったが、あちこちでけたたましいベルの音が鳴り、あちこちから声高な話し声が聞こえてくる。その姿を見て、あまり見栄《みば》えのよいものではないと思った。たぶん、こんなものは、香港だから存在が許されるのだろうが、日本では流行《はや》らないだろうな。そう思ったものだった。私が抵抗感を覚えたのは、人前で個人的なことを話すということである。日本人が、そうした内密な話を他人に聞かれても平気だとはとても思えなかったのだ。

ところが、結果はご存じのとおりである。いまでは、日本における携帯電話とPHSの契約数は優に一億を超えているという。

私には未来を見通す力がないだけでなく、止まった時計を動かすこともできなければ、スプーンを曲げることもできない。

それは、ちょっぴり残念な気がしないでもない。スプーンが曲がるくらいの「ミニ超能力」があったら楽しいのではないかと思うからだ。

そこで、ときどき暇なときにスプーンの首を撫《な》でたりしてみるのだが、やはり素直に曲がってはくれない。

要するに、私には、人に誇れるような変わった能力の持ち合わせがないということ

なのだろう。変わった楽器が演奏できるわけではないし、絶対音感もない。樹《き》の声が聞こえたり、鳥と話せたりすることもない。

実際、あらためて自分のことを考えると、その平凡さに呆然《ぼうぜん》としてしまうくらいだ。

たとえば、食べ物には好き嫌いがない。おかげで、世界中どこに行っても食事には困らないという便利さがあるが、日本では何を食べても「おいしい、おいしい」と言うばかりなので、こいつは本当はまるで味がわからないのではないかという疑いを持たれたりすることになる。

あるいは、寝付きと寝起きがいい。だからと言って、別に赤ん坊ではないから、誰が褒めてくれるわけでもない。そのおかげで、起きた次の瞬間に机の前に座って原稿を書くことができるという特性を持っているが、それは同時に、「私は低血圧なもので、起きてコーヒーを飲んで、しばらくしないと頭が働かないんです」というような人の気持がまったくわからないという短所にもつながる。

もしかしたら、私がほんの少し人と変わった点があるとすれば、それは歩けるということくらいかもしれない。

いや、言葉が足りなかった。病気だったり、老齢になったりと、特別な事情がないかぎり人は歩けるものだ。しかし、私は自分がどこまでも、果てしなく歩けそうに思えるのだ。

日本人は明治に入って、初めて汽車や自動車を使うようになるが、それまでは基本的にはどこに行くのも自分の足を使って歩いていた。私は、その近代以前の日本人のように、歩くことがまったく苦にならない。というより、むしろ積極的に歩くことが好きらしい。毎朝、家から仕事場まで四十分くらい歩くのが待ち遠しいくらいなのだ。そこでさまざまなことを考えられるし、街の風景や公園の樹木の変化を見るのも楽しみだ。それ以外のときでも、たとえば、いつ来るかわからないバスを待つよりさっさと歩いてしまったりする。


数年前、そんな私に、ある仕事が舞い降りてきた。

かつて司馬遼太郎《しばりょうたろう》が『街道をゆく』で、「檮原街道《ゆすはら》」として描いた道を、二十年後のいま再訪し、エッセイを書いてみないかというのだ。檮原街道とは、坂本龍馬《さかもとりょうま》をはじめとする幕末期の土佐藩の武士たちが、脱藩するために通った道だという。

そのとき、ほんの気まぐれから引き受けることにしたのは、ちょっとしたアイデアが浮かんできてしまったからだった。司馬さんは、檮原街道を描くのに際して、高知から車に乗り、ところどころ降りては見学するという方法をとっている。およそ歴史的な教養のない私が辛うじて司馬さんに対抗できるとしたら、坂本龍馬たちが脱藩するに際して歩いた道を、彼らが歩いた通りに辿《たど》ってみることではないだろうか。別に司馬さんに「対抗」したりしなくてもいいのだが、なんとなくそんなことを思いついてしまったのだ。

その結果、仕事を引き受けた私は、高知市の坂本龍馬生誕の地から、愛媛県との県境にある韮《にら》ケ峠《とうげ》まで、約百二十キロを正味三日ほどかけて歩くことになった。

この「道中」は楽しかった。あちこちで遭遇する棚田も美しかったし、峠の細い道の奥を流れている水も冷たくおいしかった。

そして、思ったものだった。これなら、江戸時代の人が東海道を歩いて何度も往復したというのもわかる。かつて、存命中の吉田松陰《よしだしょういん》と坂本龍馬が日本中をどのくらい移動したかが描かれた「全行程図」というのを見て驚愕《きょうがく》したことがあるが、たぶん、私もあれくらいなら歩けるのではないだろうか……。

その街道歩きで印象的だったのは、日本の農村には日中でもほとんど人が歩いていないということだった。たまに車が通り過ぎることはある。しかし、ただ歩いているだけという人は皆無に近いのだ。朝夕を別にすると、自転車に乗っている人もいない。それは、とうてい過疎《かそ》と思えないような地域でも同じだった。

あれは、佐川《さかわ》から朽木峠《くちきとうげ》に向かう途中だったろうか。山あいに掘られたトンネルを抜けることになった。

そこをただひとり歩いていると、不意に背後で子供の声が聞こえたような気がした。立ち止まり、振り向いたが誰もいない。

しかし、歩きはじめると、また声がする。

立ち止まると聞こえなくなる。

トンネルを抜けるあいだ中、子供たちが笑いさざめくような、泣き叫ぶような声が耳に届いてきて、ちょっと不気味だった。

もちろん、それは単なる空耳だったのだろう。あるいは、私の歩く音がトンネル内で複雑に反響し、その音が子供の声に聞こえたのかもしれない。

そもそも私は、未来を予測したりスプーンを曲げたりできないだけでなく、未確認飛行物体を見たり、泊まったホテルで家具が突然動き出したりするという、怪異現象や怪奇現象に遭遇する「素質」を徹底的に欠いている。この点においても、私はまったく平凡なのだ。

しかし、である。

三年前、私は初めてバリ島を訪れた。

それまで私はバリ島に行ったことがなかった。なんとなく行き遅れてしまったため、いまさらという気持になっていたのだろう。ところが、友人から送られてきた絵葉書を見て、ふと行ってみようかなという気持が湧《わ》いてきた。その写真に写っていたバリ島には、熱帯モンスーンの地方に特有の、あの湿り気を帯びた空気がみなぎっているようだったのだ。いいな、と私は思った。私は、たぶん、日本列島にやって来た先住民の中でも、北からではなく、南からやって来た者の子孫なのだろう。乾燥した空気より、湿気のある空気の方が心地よく感じられるのだ。

その旅では、バリ島をゆっくり一周してからウブドゥという古い街に滞在することになった。

泊まったのはライス・フィールド、つまり田んぼが前面に広がっている二階建の小さな宿だった。

私の部屋はその二階の一室だったが、そこにはとても広いベランダがついており、昼寝用のベッドが置かれていた。

そのベッドがすばらしく気持よかった。天蓋《てんがい》によって日差しはさえぎられており、風の通り道になっている。そこに寝そべり、生育をはじめた緑の稲の絨毯《じゅうたん》を眺めていると、いつの間にか眠ってしまう。夜は充分に睡眠をとっており、眠り足りないはずはないのだが、そのベッドに横になると、五分もしないうちに眠っているのだ。

ある夜、部屋で眠りについた私は不思議な夢を見た。

夢の中の私は部屋のベッドではなく、ベランダに置かれているあのベッドに横たわっている。

と、そこに神々《こうごう》しい光が差し込んでくる。その光は明るさを増していき、あたりをほとんど真っ白にしてしまう。そのとき、私は自分の体がわずかに浮き上がるような感覚に襲われる。私は不安になりかかるが、その浮遊感がむしろ心地よいものであることに気がつき、落ち着きが戻る。

次の瞬間、私の眉間《みけん》に眼ほどの大きさの穴があき、そこからさらりとした液体のようなものが流れ出る。何が流れ出ているのか自分ではわからない。ただ、それが血でないことはわかる。そして、それに痛みが伴っていないこともわかっている。ただ、私の額から何かがおびただしく流れ出ているのだ。

夢の記憶はそれだけだった。

翌朝、起きて、鏡を見たが、もちろん眉間に穴などあいていなかった。

日本に帰ってそのときのことをある友人に話すと、ちょっと冗談めかしてこう言われた。

「それは第三の眼が開いたのかもしれないね」

「第三の眼？」

私が訊《たず》ねると、友人はヒンドゥー教のヨガやチベット仏教の『死者の書』に関する怪しげな知識を総動員して説明してくれた。

人間には、生のエネルギーをつかさどる中枢《ちゅうすう》が七カ所あり、チャクラと呼ばれている。とりわけ眉間にあるものをアージュニャー・チャクラといい、外界を直観的に知覚する精神世界の窓口になっている。インド人の女性が眉間にビンディーという赤い丸をつけるのは、そのアージュニャー・チャクラがあるところなのだという。さらに、修行を積むと、そこにもうひとつの眼があき、深い洞察力を手に入れられる。そして、それをチャクラが開くという言い方をすることもあるのだという。

「もしかしたら、悟りが開かれたのかもしれないよ」

どうも、友人の勝手な解釈のような気もするが、しかし、そう言われてみると、日本に帰ってからの私はなんとなく物事がすっきりと見えてきたように思える。

これは、もしかすると、「宇宙意思の会」の理想とする境地に到達したのではないか、と思えるくらいなのだ。

ちょっと待った、「宇宙意思の会」とはいったい何なのだ、と不審に思われるかもしれない。

それは、上方落語の桂南光《かつらなんこう》がまだ「べかこ」という奇妙奇天烈《きてれつ》な名前を名乗っていたときのことである。私が大阪の小さな会場で話す機会を持ったとき、べかこさんがわざわざ足を運んで聞きにきてくれたことから付き合いが始まった。

大阪に行った折りに何度か呑《の》むことがあり、そうしたあるとき、私とほぼ同年代の「漫画仲間」という人たちを紹介してくれた。べかこさんは漫画を描くのが好きで、友人たちと同人誌的なものを出していたらしい。

この漫画仲間という三人が実に面白い人たちだった。呑みながら彼らの掛け合い漫才のような座談を聞いていると、そのまま吉本興業の舞台を見ているようで、大声で笑いながら、同時に圧倒されもする。彼らは、市役所に勤めていたりする普通の人なのだが、そこいらの半端《はんぱ》な芸人など太刀打ちができそうにないほど面白い。

そのひとりが、関西人は小さいころから笑われることに命をかけていると言っていたが、それが冗談とは思えない迫力がある。

「あいつはアホや、と言われるのは屁《へ》でもないけど、あいつはオモロナイやっちゃ、と言われるのはどんな悪口より辛《つら》いんですわ」

これが私のように関東育ちの子供であったなら、「面白い」と言われるより「かっこいい」と言われることを望んだろう。しかし、彼らによれば、関西では、間違いなく「かっこいい」より「オモロイ」だという。

つまり、それは、「オモロイ」ことが「かっこいい」こととイコールだったということなのだろう。

そこで、関西では、ちょっと気の利《き》いた子なら、いかに仲間から「笑いを取るか」に骨身を削るようになる。そんな子供がゴロゴロいる中でも、飛び切りの「オモロイ奴《やつ》」が芸人になるのだから、関西のお笑い芸人の裾野《すその》が広いのも当然のことだろう。

その席で、べかこさんに「オモロイ」ものを見せてもらった。

「わたしらでこんなもん作ってるんですわ」

そう言いながら取り出したのは、「宇宙意思の会　大教祖　桂べかこ」と記されている金色の名刺だった。

そして、その名刺には、裏にこう記されている。

宇宙意思の会

総則
我々の行動は全《すべ》て大宇宙の意思に支配されている。
宇宙意思の会はこの思想を日常生活の中で実践信奉する者の集まりである。

会員は、そこにいる四人だけで、それぞれが勝手な役職についているのだという。べかこさんの「大教祖」も、ひとりが先に「教祖」を宣言してしまったための苦肉の策であるらしい。

「この宇宙意思の会の教義をもう少しわかりやすく言うとどういうことになるんですか」

私が笑いながら訊ねると、べかこさんが「大教祖」らしく真面目《まじめ》な顔で説明してくれた。

「世の中に起きるすべてのこと、森羅万象、たとえば男が浮気をするのも、呑んだくれるのも、博奕《ばくち》ですってんてんになるのも、これはすべて宇宙の意思であるということなんですな」

だから、亭主が浮気をしても、呑んだくれても、博奕ですってんてんになっても、女房は受け入れるより仕方がないというわけだ。要するに、その「宇宙意思」とは、八《はっ》つぁんとか熊《くま》さんといった落語の世界の住人を温かく見守ってくれている、「落語の神様」に通ずるところのあるものなのだろう。

だが、私は、そのいい加減で、御都合主義的な「教義」にいたく感銘を受けた。もしかしたら、世の中に生起するすべてのことを、これは宇宙の意思だと達観できれば、ずいぶん生きることが楽になるかもしれない。

私はおよそ集団と名のつくものには、政治集団や宗教集団を問わずまったく所属したことはないが、この「宇宙意思の会」には参加してもいいかなと思った。私が五番目の会員になる意志を表明すると、すぐにそこにいるメンバーによって「名誉書記長」という役職を与えられることになった。

名誉書記長？

まったく何をするのかわからなかったが、なんとなく嬉《うれ》しくないこともなかった。

その遊びは手が込んでいて、東京に帰ってしばらくすると、私のもとにわざわざ大阪から「名誉書記長」の肩書のついた金色の名刺が百枚も刷って送られてきた。しかも、そのうちの一枚は、紙のように薄い純金に印刷されたものというおまけつきだった。

バリ島から帰ってきた私は、まるでこの「宇宙意思の会」の総則にあるように、すべてが宇宙の意思として受け入れられ、すべてを許せるようになってきたように思える。別に何の修行もしなかったが、ひょっとしたら、本当に悟りの世界に入ったのかもしれない。だとすると、私は「大教祖」を飛び越え、「聖人」になって大いに金儲《かねもう》け、いや、人助けができるかもしれない……。

ところが、それからしばらくしてのことである。

ユニクロの柳井正《やないただし》に手紙を書いていて、なんだ、そうだったのか、と気がついた。

柳井さんとは、数年前に初めて会う機会があった。そのとき、食事をしながら映画の話になった。私が新聞で映画の感想文のようなものを書いているのを知っていた柳井さんが、最近面白い映画はありますかと訊ねてきたのだ。私は懸命に自分が見た内外の作品を思い出しながら話したが、あとでアレもコレも忘れていたということになってしまった。そこで、あらためて手紙を書き、この一年ほどに見た映画の中で、これはと思う作品のリストを送ったのだ。

次に柳井さんに会うと、そのリストにあった作品をほとんど見ていて、的確な感想を述べてくれる。

以来、一年に一度、その年に私が見て面白かった映画のリストを書き送るのがならわしになった。

バリ島から帰った私は、いつものように、柳井さんへの手紙にその年見た映画の中でのめぼしいと思われる作品のタイトルを書きつけていた。

まず、『イースタン・プロミス』、次に『ＢＯＹ Ａ』、さらに『幻影師アイゼンハイム』、『今夜、列車は走る』、『イントゥ・ザ・ワイルド』、『ノーカントリー』……。

そこまで来て、あっ、と声を出しそうになった。

――『ノーカントリー』！

この『ノーカントリー』という作品は、コーマック・マッカーシーの原作をコーエン兄弟が映画化したもので、アカデミー賞の作品賞を受賞している。

アメリカとメキシコの国境地帯でハンティングをしていたひとりの男が、二つの組織による麻薬取引後の惨劇に遭遇してしまう。取引中のもつれからか撃ち合いが始まったらしく、双方に多くの犠牲者が出ている。しかも、麻薬も現金も放置されたままだ。男は、一瞬迷ったあとで、現金をバッグに詰めると持ち去ってしまう。しかし、ちょっとしたことからそれが露見し、男は組織が雇った殺し屋に追われることになる……。

この作品の中で異彩を放っていたのは、ハビエル・バルデムが演じていた大男の殺し屋である。そのオカッパ頭の風貌《ふうぼう》も変わっていたが、なにより人の殺し方が異色だった。高圧のガスボンベを肩に担《かつ》ぎ、圧縮された空気を銃のようなもので発射して相手を撃ち抜く。

まさに、この殺し屋が空気銃を発射して撃ち抜く箇所が「眉間」だったのだ。

それは銃などで殺すよりはるかに凄《すご》みのある殺し方だった。私はこの映画、とりわけバルデム演じる殺し屋がとても強く印象に残っており、それをバリ島のウブドゥで夢に見てしまうことになったらしい。撃ち抜く方ではなく、撃ち抜かれる方として。

——そうか、そうだったのか……。

やっぱり私は「エスパー」でもなければ、「聖人」でもない。肩に指数の「3」がつくくらいの、平凡、平凡、また平凡な男なのだろう。

なんだかガッカリしたが、同時に「聖人」の仲間入りなどしなくて済みそうなことに、ちょっぴりホッとしたりもした。

それにしても、私に何か未来を見通すことはできないものだろうか。

来年の夏の暑さはどうなるのだろうか。日本に真の二大政党時代など訪れるのだろうか。円はもっと高くなるのだろうか。金の値段はいつ下がりはじめるのだろうか。

読書の端末機として日本で覇権を握るのはどの機種なのだろうか……。

残念ながら、私には何もわからない。

政治も経済も環境もテクノロジーの未来も何も見通せない。

しかし、私にはただひとつわかっていることがある。それは……いや、やはり、やめておこう。また、日本では決して流行《はや》らないだろうと断じてしまった、あの携帯電話の二の舞いになってしまいそうだから。

マリーとメアリー

それは私がまだ二十代の頃のことだった。

夜、銀座のはずれの小さな酒場に立ち寄ると、吉行淳之介《よしゆきじゅんのすけ》がその店での定位置である右奥の席に座って呑《の》んでいた。雨が降っているせいか吉行さん以外に客は誰もいない。私は少し離れた席に座ったが、客は二人だけである。吉行さんが声を掛けてくれたことをきっかけにして一緒に呑むことになった。

それまで吉行さんと呑んだことはなかった。何度か酒場で顔を合わすうちに挨拶《あいさつ》だけはするようになっていたが、どちらにも連れがいたこともあって親しく言葉をかわすというところまではいかなかった。

しかし、その夜は違っていた。珍しく、いつまでたっても新しい客が入ってこないため、酒場の女主人をまじえてゆっくり話すことになった。

もしかしたら、その酒場にひとりで長くいたらしい吉行さんは、次の客が二人か三人だったら、いい潮時と腰を上げるつもりだったのかもしれない。しかし、入ってきたのが私だけだったので、自分が帰るとひとりになってしまう私をかわいそうだと思って残ってくれたのだという気がしないでもない。

いずれにしても、そのとき、私は吉行さんと初めて話すことができたのだ。

そのときどんなことを話したのかほとんど忘れてしまっているが、ひとつだけはっきり覚えているのは「女の記憶」ということについてのやりとりだった。

会って、別れた女性について、彼女のどんなところを記憶しているか。顔だという人がいるだろう。声という人がいるだろう。着ていた服という人もいるだろうし、つけていた香水の匂《にお》いという人もいるかもしれない。

「沢木さんは何で覚えている?」

吉行さんに訊《たず》ねられ、私は少し考えてから答えた。

「語尾、ですかね」

「語尾? 声じゃなくて?」

吉行さんが不思議そうに訊《き》き返した。

「ええ。職業柄ということもあるんでしょうけど、人の話を記憶しようというとき、語尾に気をつけているということがあるんです。逆に、語尾が思い出せると話の全体が思い出せるといってもいいんです」

「それはおもしろい」

顔を綻《ほころ》ばせた吉行さんに、今度は私が訊ねた。

「吉行さんの場合はどんなもので女性を記憶しているんですか」

「シュミーズかな」

「シュミーズ？」

「そう、シュミーズの脱ぎ方で覚えている」

それはまさに『娼婦《しょうふ》の部屋』や『驟雨《しゅうう》』の作家の言葉だった。

すると、そのやりとりを黙って聞いていた和服姿の女主人が言葉をはさんだ。

「わたしでもさすがにもうシュミーズとは言いませんけどね」

そこで、大笑いになったのだが、私は内心「おそれいりました」と頭を下げるような思いだった。「語尾」と「シュミーズ」では勝負にならない。

一時間くらいが過ぎた頃、ようやく三人連れの客が入ってきた。

すると、吉行さんは私の顔を見て、言った。

「上に行ってもう一杯呑もうか」

そのビルの上層階には有名な高級クラブが入っていた。そこは、政治家や財界人も多く来るところから、「夜の社交場」などと呼ばれている店でもあった。もちろん、私など足を踏み入れたことのない場所だった。

どうして、吉行さんが唐突にそんなことを言い出したのかはわからない。ちょっとした気まぐれだったのかもしれないが、そこにはなんとなく、遠縁のおじさんが「社会見学」に連れて行ってくれるというような親身さが感じられた。

その店に行くと、雨のせいなのかやはり客がほとんどおらず、ホステスの大部分が私たちの席につくという騒ぎになった。それには吉行さんの酒場での人気ということもあっただろう。実際、吉行さんの銀座の女性たちにおける人気には恐るべきものがあり、のちに私も何軒かの酒場の女主人からこんなことを言われることになる。「吉行さんと一緒に来てくださったらお金はいただきません」と。

私たち二人に女性が十人以上いる。こういう状況というのは客にとって居心地のよくないもので、どのように対応するかに腐心せざるをえない。ところが、吉行さんは適当な目配りをして、その場の空気が白けたり凍りついたりしないように、女性たちが軽く対応できるような話題を選んで言葉を投げ掛けていた。

だが、慣れない私は、隣に座った女性がたまたま同じ齢《とし》だったということもあって、つい二人だけで話し込んでしまった。

すると、しばらくして、吉行さんがこちらに声を掛けてきた。

「何をそんなに熱心に話しているんだい」

別にたいしたことを話していたわけではないので、つい弁解するような口調になってしまった。

「同じ年生まれだったものですから」

「何年生まれ?」

「昭和二十二年です」

私が答えると、吉行さんは、ほう、と言い、ちょっとした間を置いてからこう言った。

「そうか。最初の子供を流さなければ、君たちくらいになっていたのか」

それを聞いて、私はまた「おそれいりました」と内心で呟《つぶや》かざるをえなかった。

あとで考えれば、吉行さんの口調にはいくらか芝居がかったものがあったから、本当のことだったのかどうかはわからない。しかし、それ以来、吉行さんにはなんとなく頭が上がらないような気持になってしまった。なんといっても「私たち」の「お父さん」だったかもしれない人なのだ。

その吉行さんが、晩年に酒場でよく呑んでいたのがレッド・アイだった。ビールにトマトジュースを混ぜたものである。

吉行さんはそれがレッド・アイなどという名前のあるカクテルだとは知らず、思いつきでなんとなくビールにトマトジュースを混ぜてもらっていたらしい。

あるとき、レッド・アイを呑みながら、ほんの少し自慢げにこう言っていた。

「みんなはこれを呑んでいると妙なものを呑む奴《やつ》だと軽蔑《けいべつ》したような眼で見ていたけど、これはレッド・アイという歴とした名前のあるカクテルなんだそうだ」

私は「軽蔑」などしなかったが、「妙なもの」とは思っていたような気がする。ビールもトマトジュースも嫌いではないが、その二つを混ぜるのは二つの特色を相殺《そうさい》してしまうように思えたのだ。そして、こう思っていた。同じトマトジュースを酒に混ぜるのなら、やはりビールではなくウォッカの方がいいのにな、と。

実は、私には酒についての好みというようなものがまったくない。酒ならどんな種類の、どんな銘柄のものでもかまわず口にする。特に好きなものもなければ、嫌いなものもない。家で呑むことはほとんどないから、呑むとすれば友人や知人とどこかの酒場に入ってのことになる。

奢《おご》ることもあるが、奢られることもある。奢られる立場の酒呑みとしては、たとえどんな安い酒でも呑めばホロリとして上機嫌になるので、ずいぶん奢り甲斐《がい》がある酒呑みだとも言えるし、どれほど呑んでも深く酔うことはないので、呑ませ甲斐がない酒呑みとも言える。

要するに、私にとって酒は、人と話す際の潤滑油ていどの意味しかないということなのだろう。

だが、その私が、不思議なことに、国際線の飛行機に乗り、最初の一杯を何にするかと客室乗務員が訊きにくると、条件反射のように頭に思い浮かべてしまう酒がある。

それはブラディー・マリーだ。

いま、手元にあるカクテル・ブックで確認すると、作り方として次のように載っている。

ブラディー・マリー
ウォッカ　三〇―四五ミリリットル
トマト・ジュース　六〇ミリリットル
レモン・ジュース　一〇ミリリットル
塩　少々

スパイス
　ウスターソース
　タバスコ
　ペッパー
　　　好みで少々
シェークして氷を入れたグラスに注ぐ

できあがりの色は、血まみれマリーという名前のとおり、基本的にはどす黒い赤になってしまうという、かなり下品な雰囲気のカクテルだ。

　私が初めてハワイ行きの国際線の飛行機に乗ったとき、最初に呑んだ酒がブラディー・マリーだった。初めて太平洋を渡るということに興奮していたからなのか、あるいはサーヴィスを担当してくれた客室乗務員がよかったのか、とにかくそのブラディー・マリーがとてつもなくおいしく感じられた。以後、私は国際線の飛行機に乗るたびに、最初の一杯としてブラディー・マリーを注文するようになった。

　確かに、私はブラディー・マリーの洗練さのかけらもないような味の組み合わせが嫌いではない。しかし、飛行機以外で呑みたいと思ったことはないから、どれほど好きなのかは自分でもよくわからないところがある。酒場で注文したことはないし、まして や自分の家で作ることはないので、地上では呑んだことがないというに等しい。私にとってブラディー・マリーは飛行機と分かちがたく結びついているのだ。飛行機に乗り、客室乗務員に食前酒を聞かれると、反射的にあの赤黒い色をした呑み物が頭に浮かんでくるようになってしまった。

ところで、ブラディー・マリーという名前である。

私はその由来についてこんなふうに思っていた。

血まみれマリーのマリーとは、フランスのルイ十六世の妻となったハプスブルク家のマリー・アントワネットなのではあるまいか。まさに彼女は、フランス革命で断頭台の露と消える際、血まみれになったはずだから。

私がそう思い込むようになったのには理由がある。

ブラディーは血まみれという英語の形容詞だが、マリーというのは英語の人名の発音ではない。英語ならメアリーと発音するはずだ。そこをあえてマリーというからには、そのマリーは英語圏以外の人物でなくてはならない。英語圏以外のマリーで、血まみれという言葉を冠することができる人物ということになれば、マリー・アントワネット以外にいないのではないか。ブラディー・マリーというのは、純白の服を着て断頭台に上ったというマリー・アントワネットと、血まみれというイメージをくっつけた、なかなか秀抜なネーミングなのだ……。

しかし、マンハッタンでアメリカ人の知り合いと呑んでいて、ブラディー・マリーを注文する場面に遭遇した。

すると、彼がこう発音するではないか。

「ブラディー・メアリー」

そうか、マリー・アントワネットのマリーはフランス語では〈MARIE〉だが、英語では〈MARY〉、メアリーとなる。だから、やはりアメリカ人はブラディー・マリーもブラディー・メアリーと発音するのか。イタリア語のミケランジェロが英語ではマイケルアンジェロになるように。そう納得して、いちおう訊ねてみた。

「アメリカではブラディー・マリーをブラディー・メアリーと発音するのかい」

もちろん、と彼は言う。そこで、私はさらに訊ねた。

「ブラディー・メアリーはフランスのマリー・アントワネットのことなんだろう？」

その質問に対して、彼はいくらか自信なさそうにこう答えた。

「違うと思うよ。ブラディー・メアリーのメアリーは、イングランドのメアリー一世のことじゃないかな」

メアリー一世は、エリザベス一世の姉であり、ヘンリー八世の娘である。父のヘンリー八世がイングランドの国教をカソリックからイギリス国教会に変えてしまったことに反対し、自分が王位に就くとイギリス国教会の関係者を大量に処刑してしまった。そのため、彼女のことを「ブラディー・メアリー」と呼ぶようになった。カクテルのブラディー・マリーはそのブラディー・メアリーから来ているのではないか、と彼は言うのだ。

私は驚いた。驚いたついでにあとで調べてみると、どうやらフランスのマリー・アントワネットではなくイギリスのメアリー一世にちなんだ名前だという方が正しいようだった。共に王家の女性であるところは共通している。しかし、カクテルのブラディー・マリーは、殺された側ではなく、殺した側の名前にちなんでつけられたものだったのだ。

つまり、ブラディー・マリーというのは極めて日本的な名前だったということになる。本来はブラディー・メアリーとすべきところを、誰かがブラディー・マリーにしてしまったらしい。

作詞家の阿久悠《あくゆう》に「五番街のマリーへ」というドラマティックな歌がある。

五番街へ行ったならば　マリーの家へ行き
どんなくらししているのか　見て来てほしい

これについては、ある友人がこんなことを言っていた。もし、その五番街がニューヨークの五番街なら、主人公のマリーはメアリーと呼ばなければいけないのではないか。

なるほど確かにそうかもしれないのだが、「五番街のマリーへ」を「五番街のメアリーへ」にしてしまうとどうも落ち着きが悪い。それには、日本人がメアリーよりマリーという名前の方に親しみを感じているということがあるのかもしれない。そこで、阿久悠は確信犯的にメアリーではなくマリーとしたのだろう。

ブラディー・マリーのマリーも、五番街のマリーにおける阿久悠と同じように、誰かがメアリーとすべきところを日本人向けにマリーとしてしまっただけだったのだ。

もっとも、ブラディー・マリー、いやブラディー・メアリーの生誕地とその名前の由来についてはいくつかの説があるらしい。

　生誕地としては、ニューヨークの有名なホテルであるセント・レジスのキングコール・バーだとか、パームスプリングスの名もないバーだとか、パリのハリーズ・ニューヨーク・バーだとかいう説がある。それによって、メアリーも、イングランドの女王のメアリーだけでなく、ハリウッドの有名女優のメアリーからどこかの街のウェートレスのメアリーまで、何人にも擬せられることになるのだ。


　私には、酒と同じく、映画についての好みというのもあまりない。どんな国のどんなジャンルの映画でも機会があれば見てしまう。亡《な》き淀川長治《よどがわながはる》ではないが、どんなつまらない映画でも、最後まで見れば一カ所くらいは美点が見つかるものなのだ。

　しかし、ただひとつ、ホラー映画だけはあまり進んで見たいとは思わない。お金を払って、なんでわざわざ心臓に悪そうなことをしなくてはならないのかと思ってしまう。

　ところが、あるとき、本を読んでいるうちに寝そびれてしまい、深夜にテレビのスイッチを入れた。ちょうどアメリカのテレビ映画をやっていて、いかにも安直な作りだったがつい見てしまった。それはホラーとサスペンスがないまぜになったような内

EW YOR
CITY
GUIDE
BIG APPLE Co., LTD.
旅券
PASSPORT OF JAPAN

容のものだった。

三人の少女が「スランバー・パーティー」、日本風に言えば「お泊り会」をしていて、夜遅く、一種の肝試しをする。

アメリカには、鏡の前で「ブラディー・メアリー、ブラディー・メアリー、ブラディー・メアリー」と三回唱えると、鏡の中にブラディー・メアリーが現れて、目玉をくりぬかれてしまうという言い伝えがあるらしいのだ。

ひとりの少女がローソクを持って暗いバスルームに行き、鏡の前で「ブラディー・メアリー、ブラディー・メアリー、ブラディー・メアリー」と三回唱えると、本当にその鏡に幽鬼のような女性が現れ、父親が目玉をくりぬかれて死んでしまう。

そこに、主人公である「ゴーストバスターズ」風の若い兄弟が登場して、鏡の中から殺人を続ける「メアリー」を退治するというのがストーリーの骨子だった。

テレビの連続物の一本にすぎないとは言え、それは展開もエンディングもあまりにもお粗末なドラマだったが、私には、ブラディー・メアリーがアメリカの子供たちにとっての「都市伝説」になっているというのが面白かった。

ブラディー・メアリーに関する都市伝説にはいくつかのパターンがあるらしいが、「ブラディー・メアリー」を三回唱えるということと、そのブラディー・メアリーが鏡の中に現れるというのは共通しているらしい。

　この都市伝説のメアリーは、メアリー一世とか大事件の被害者とかの具体的な人物をイメージしてのものではなく、ブラディーという言葉とメアリーという名前が喚起するものによって生まれたのではないかという気がする。そして、もしかしたら、ブラディー・メアリーという呑《の》み物の、あのまがまがしい名前と色がどこかで影響していたのかもしれないとも思う。

　考えて見ると、たとえそれが殺される側のマリー・アントワネットでなく、殺す側のメアリー一世にちなんで名づけられたとしても、ブラディー・メアリーが恐ろしくまがまがしい名前の酒であることに違いはない。そのためか、発祥の地のひとつと目されるキングコール・バーでは名前を変えられてしまったという。いまやキングコール・バーでは、ブラディー・メアリーを呑もうと思ったら、レッド・スナッパーと注文しなくてはならないらしいのだ。

　アメリカでいつ流行《はや》りはじめたのか正確なことはわからない。だが、日本では、私の大学生の時代に一般化したのではないかと思う。その頃、いまの居酒屋と同じような利用のされ方で、安手のカクテル・ラウンジがあちこちに存在していた。そこで目新しいカクテルとして登場していたのが、ソルティー・ドッグとブラディー・メアリーだったのだ。

現在では古色蒼然《こしょくそうぜん》とした印象のあるブラディー・メアリーも、少なくとも私が飛行機に乗って外国に行くようになった一九七〇年代の日本では、その名前にどこか流行りの酒らしい艶《つや》のようなものが残っていた。

しかし、何年かするうちに、ブラディー・メアリーというカクテルに、しだいに場末の酒のような垢《あか》が付着しはじめ、食前酒はいかがなさいますかと客室乗務員に訊《たず》ねられ、ブラディー・メアリーと答えるのが気恥ずかしくなってきた。そこで、つい、呑みたい思いを我慢して、他の酒を注文するようになってしまった。アメリカの国内線に乗り、テキサスの農場主のようなオッサンがおいしそうにブラディー・メアリーを呑んでいるのを見ると羨《うらや》ましくなるが、いざ注文する段になるとなんとなく怯《ひる》んでしまう。

それはずいぶん軟弱な話で、日頃、流行というものとは無縁に暮らしているなどと嘯《うそぶ》いていながら、こんなところで「流行」にとらわれていたのだ。

ところが、最初に機上でブラディー・メアリーを呑んでから二十年以上も過ぎたある日、ラスヴェガスでボクシングの世界タイトルマッチを見ての帰りに、久しぶりにブラディー・メアリーを呑んだ。

飛行機が離陸して水平飛行に移り、年配の客室乗務員が最初の一杯を何にするかと訊《き》きにきた。

「ブラディー・メアリーを」

私はそう答えて、自分で驚いてしまった。その言葉が自然に口をついて出てきたということが意外だったのだ。

それにしても、どうしていきなりブラディー・メアリーが口をついて出てきたのか理由はよくわからない。ラスヴェガスからの帰りだったということが重要だったのか。その便がサンフランシスコ発香港《ホンコン》行きのユナイティッド航空で、乗客にひとりも日本人がいなかったということが影響していたのか。客室乗務員がびっくりするほど高齢だったのがよかったのか。もしかしたら、ブラディー・メアリーというカクテルが、流行りの酒から時代遅れの酒になり、さらにそこをも通過してごく自然な酒になっていたからかもしれない。いずれにしても、呑みたいものを素直に頼めるようになるまで、私には四半世紀近い年月が必要だったということになる。

ともあれ、それ以来、また飛行機に乗っての最初の一杯にブラディー・メアリーを頼むという習慣が復活した。

二年前、ドイツから日本に戻るときの飛行機の中で、客室乗務員に最初の一杯を何にするか訊ねられて、ブラディー・メアリーを頼んだ。

すると、その日本人の客室乗務員が小さく笑いながら不思議なことを言った。

「ムラカミさんと同じなんですね」

訊き返そうと思ったが、そのままギャレーの中に引っ込んでしまい、ブラディー・メアリーを持ってきてくれたのは違う客室乗務員だったので、なんとなく気になりながらそのままになっていた。

その不思議な言葉の意味がわかったのは最近のことである。

札幌から東京に帰るとき、空港の本屋で文庫本を買った。村上春樹《むらかみはるき》の『村上ラヂオ』というエッセイ集だった。

飛行機に乗って読んでいると、半ばを過ぎたあたりで「空の上のブラディ・メアリ」という文章が出てきた。

飛行機の国際線に乗ると、食事の前に「何かお飲物は？」と尋ねられる。そういうときあなたは何を飲みますか？　僕はだいたいブラディ・メアリを頼みます。

なるほど、あの客室乗務員が言っていた「ムラカミさん」とは村上春樹のことだったのだ。村上春樹も私とまったく同じ嗜好《しこう》を持っているらしく、飛行機に乗ると食前酒にブラディー・メアリーを注文するというだけでなく、飛行機以外のところでブラディー・メアリーを呑んだりしないというところまでそっくりだった。

そして、そのエッセイの中では、飛行機で出されるブラディー・メアリーについて、航空会社によって三つのランクがあるとして、こんなふうに書いている。

ランクA　大柄のグラスに、うまい配合でウォッカとトマトジュースが混じっていて、氷の量もほどよく入っているもの。ソースもぴりっと効いている。こういうブラディ・メアリが出てくると、幸福な気持ちになる。いつ墜落してもいいと思う(これは嘘《うそ》)。

ランクB　ウォッカのミニ・ボトルとブラディ・メアリ・ミックス缶をべつべつに持ってきて、「そっちで好きに混ぜて下さい」というもの。いささか味気ないし、テーブルも混み合ってわずらわしいものだけど、自分で好きに配合できるだけまだ許せる。

最悪なのは某エアラインのように

ランクC 配合が無神経で（ウォッカがやたら多くて、トマトジュースが少ない）、おまけに（作ってから時間がたったのか）氷が溶けて全体的に水っぽくなっているもの。こういうブラディ・メアリを「ほれ」と不愛想に手渡されると、「ふん、もうこんな会社の飛行機に乗るもんか」と思う。たかがブラディ・メアリなんだから、そんなにむきになることもないんだけどさ。

きっと、私が乗ったドイツからの便の客室乗務員は村上春樹のファンで、このエッセイ集を読んでいたのだろう。いや、私が乗ったのは村上春樹が「ふん、もうこんな会社の飛行機に乗るもんか」と思っているらしい「某エアライン」のようだったから、ひょっとしたら彼女たちのミーティングの際に、「こういう意固地なお客さんがいるのでブラディー・メアリーを作るときは気をつけましょうね」などと、このエッセイ集が「逆教科書」として使われていたりしたのかもしれない。

私は、村上春樹の言う「ランクB」のブラディー・メアリーで十分なのだが、ひとつだけわがままを言わせてもらえば、ウォッカの小瓶とブラディー・メアリー・ミックスの缶とは別に、レモンではなくライムがあったらと思う。それも薄くスライスされたものではなく、たっぷり絞り込めるだけの厚みのあるものがもらえたらと思う。私に謎《なぞ》の言葉を投げかけた客室乗務員が乗っていたドイツからの便には奇跡的にライムが搭載してあったらしく、極めて満足のいくブラディー・メアリーを呑むことができた。もっとも、それはファーストクラス用のものを、若い客室乗務員が気をきかせて盗んできてくれたものだったのだが。

マリーとメアリー。

しかし、と思わないでもない。

阿久悠の「五番街のマリーへ」に出てくる女性はアメリカ人と決まったわけではないかもしれないな、と。だとしたら、メアリーではなくマリーでもかまわないということになる。もしかしたら、彼女はマリという名の日本人で、愛称としてマリーと呼ばれていただけかもしれないのだ。

あの日、吉行さんが「社会見学」に連れて行ってくれた高級クラブには、のちに別の人と一緒に何度か行くことがあった。そのたびに、私と同年生まれのホステスが横に座って相手をしてくれた。

名前は、マリ、と言ったと思う。麻里なのか真利なのか茉莉なのかは知らない。どれにしても源氏名《げんじな》だったのだろうからその違いにあまり大きな意味はない。

だが、マリという名前は銀座だけでなく日本のどこにでもある名前だったはずだ。

たとえば——。

戦後すぐ、日本に進駐してきたアメリカ軍の中に、マリという日本女性と恋に落ちた兵士がいた。ある晩、彼は彼女を連れて横浜のホテルのバーに行く。そして、そこで彼女をイメージしたカクテルを作ってもらう。すると、バーテンはウォッカにトマトジュースを入れたものを出した。なぜなら、彼女の唇にはまるで血のように赤いルージュが引かれていたからだ。兵士はアメリカに帰ると、酒場でトマトジュースにウォッカを混ぜたカクテルを注文した。そのとき、彼はとっさに「ブラディー・マリ」と名づけたが、バーテンはそれを当然のごとく「ブラディー・メアリー」と聞き取った。そう、ブラディー・メアリーの生誕の地は横浜で、主人公の名はマリーでもなく、メアリーでもなく、マリだったのだ……。

なんて、そんなことはないか。

ブラディー・メアリーの誕生に関して、もっとも妥当だなと思わせてくれるのは、一九二〇年代の禁酒法の時代のアメリカで、警察に踏み込まれたとき酒ではなくトマトジュースを飲んでいるのだと言い逃れをするために生まれた、という説である。最初のうちはジンにトマトジュースを混ぜていたが、ジンは匂《にお》いが強いのでしだいにウォッカになっていったという。

それにしても、警察官がちょっとなめてみれば酒が入っているかどうかは簡単にわかってしまうだろうから、この説もパーフェクトなものではないような気もする。ちなみに、ジンにトマトジュースを混ぜると、ブラディー・メアリーではなく、ブラディー・サムという名前になるのだそうだ。

そういえば、深夜に見たテレビ映画で、鏡の中のブラディー・メアリーを退治する主人公のひとりの名は、サムというのだった。別にブラディー・サムとは関係ないのだろうが。

なりすます

ある日、ある時、ある文章を書くため、ある本を探した。しかし、仕事場の書棚にあるのか、あるいは借りている倉庫の段ボールの中に入っているのか、どうもはっきりしない。

しばらく書棚を探したが、どうしても見つからないため、諦《あきら》めてアマゾンを検索してみることにした。倉庫に行って探すのはあまりにも手間がかかりすぎるからだ。

探していたのは井上ひさしの「わが蒸発始末記」というエッセイが収録されている本である。たしか、中央公論社から断続的に出ていたエッセイ集の中に収められていたという記憶がある。『風景はなみだにゆすれ』の中だったか、『さまざまな自画像』の中だったか。タイトルがわからないため、とりあえず「井上ひさし」で検索してみると、なんとそのものずばりの『わが蒸発始末記』という文庫本が存在するではないか。どうやら、それは、単行本とは別に編集し直した、文庫本独自のものであるらしい。たぶん、タイトルも、読者の興味を惹《ひ》きつけやすいものに変えたのだろう。

とにかく、すぐに読みたい。アマゾンには申し訳ないが、注文もせずに検索を打ち切ると、そのまま渋谷に向かい、何軒かの書店を回った。なかなか見つからなかったが、最後の一軒に一冊だけひっそりと隠れるようにあった。

帰りの電車の中でぱらぱらページを繰っていると、「わが蒸発始末記」とは別のエッセイに面白いものがあるのに気がついた。以前にも読んだような気がするが、そのときは読み飛ばしていたかもしれないものだった。

それは「人文一致のひと」と「昭和二十二年の井伏《いぶせ》さん」というエッセイだった。その二つはまったく別の機会に書かれたものらしいが、読みようによっては前編と後編と言えなくもない意外な展開を持つものだった。

井上さんは、山形県の米沢《よねざわ》市に近い川西町というところで生まれ育っている。そこに、ある日、東京の偉い小説家の先生である井伏鱒二《ますじ》がやって来る。少年の井上さんは、その先生が本家筋の造り酒屋に滞在しているのを聞きつけると、さっそく駆けつけて障子の隙間《すきま》から覗《のぞ》き見をする。少年の井上さんには、小説家というと痩身《そうしん》で蓬髪《ほうはつ》にした神経質そうな人というイメージがあったが、そこにいたのは、にこにこしながら酒を呑《の》んでいるふっくらとした丸顔の人だった。その姿を見ていると、「なんだかほとけさまを拝んでいるよう」だったという。

最初の「人文一致のひと」では、その体験を枕《まくら》に、初めて井伏鱒二と会ったときのことが記されている。

井上さんが書いた太宰治の評伝劇『人間合格』を上演するに際して、その劇場用のパンフレットに載せるため、太宰と親しかった井伏鱒二と、太宰の評伝を書いている長部《おさべ》日出雄《ひでお》に対談をしてもらうことになった。井上さんは、長部さんと一緒に井伏宅に赴き、対談に同席する。

そのときの井伏鱒二の様子が、まるで古今亭志《ここんていし》ん生《しょう》の落語の登場人物のように活写されている。

だが、本当に面白いのは、そのあとに書かれている「昭和二十二年の井伏さん」の方である。

井上さんは、そこでふたたび井伏鱒二の川西町来訪について書いている。おや、また同じことを書いているのかなと読んでいくと、驚くべき展開があるのだ。

確かに、井伏鱒二は昭和三十年に東北への小旅行に出かけ、そのときのことを「還暦の鯉《こい》」というエッセイに書いている。途中、川西町にも初めて訪れ、井上さんの本家筋の造り酒屋にも立ち寄っている。ところが、井上さんが井伏鱒二を見たのは昭和二十二年だった。少なくとも昭和三十年でないことははっきりしている。少年の井上さんは、父親の死後、昭和二十四年には川西町を離れ、東北の各地を転々とすることになるからだ。

では、少年の井上さんが昭和二十二年に見た井伏鱒二とは何者だったのか。不思議でならなかった井上さんは、後年、その本家筋の御主人に訊《たず》ねてみたのだという。すると、あっさりとこう言われた。

「昭和二十二年の井伏先生は偽者《にせもの》だったんですよ」

しかも、御主人にはそのときすでに偽者だとわかっていたという。その造り酒屋は、東京新宿に直営の居酒屋を出しており、そこで井伏鱒二には何度か会ったことがあったのだ。

「あの時分は、東京から大勢の先生方がお見えになっていた。小林秀雄《こばやしひでお》、川端康成《かわばたやすなり》、尾崎士郎、太宰治、中山義秀《なかやまぎしゅう》、伊馬春部《いまはるべ》といった先生方が白い御飯とお酒が目当てでひっきりなしにおいでになっていたんですな。東京は食べ物が不足していましたから、田舎の米と酒、それから米沢牛が魅力だったんでしょう。けれども皆さんが偽者でした」

彼らは作家に「なりすまし」ていたのだ。しかし、井上さんの本家筋の御主人は、その人物が「なりすまし」の偽者とわかっても追い返すようなことはしなかったらしい。

曰《いわ》く、

「身分証明書を拝見、というわけにも行きませんしね」

なりすます。

そういえば、映画には、この「なりすます」ということが重要なモチーフになっている作品が数多くある。スパイや秘密捜査官や詐欺師《さぎし》が登場してくれば、そこには必ず「なりすまし」が存在することになる。

最近でも、邦画に『クヒオ大佐』という「なりすまし」のおかしさを描いた作品があった。アメリカ空軍の日系人パイロットになりすまし、結婚詐欺を働いていたという実在の人物をモデルにした映画だった。およそこの程度の嘘《うそ》のつき方でどうして騙《だま》されてしまうのだろうというお粗末な「なりすまし」なのだが、いちど信じてしまうとなかなか嘘というものは見破れないものなのだろう。いや、たとえうっすらと疑念が湧《わ》いても、信じたいという思いがそれを打ち消してしまうということもあるのかもしれない。

一方、洋画では『オーケストラ！』という壮大な「なりすまし」を描いた作品が現れた。かつて旧ソ連時代のボリショイ交響楽団には、ユダヤ人嫌いだった当時のブレジネフ書記長によって追放された団員が大勢いたらしい。その彼らが、ユダヤ人を擁護したため清掃係にまで格下げされてしまった指揮者と共に、ボリショイ交響楽団になりすましてパリ公演を敢行するのだ。そこにフランス人の美しいバイオリニストが絡《から》み、物語はドタバタと、しかしどこか心を温かくしてくれるように展開していく。スパイ物や詐欺師物ばかりでなく、恋愛物の映画にだって、さまざまな「なりすまし」が登場してくる。

中でも、最大の「なりすまし」映画は『ローマの休日』だろう。イタリア訪問中の某国の王女のアンが、宿舎であるローマの大使館を飛び出し、普通の女の子になりすまそうとする。一方、夜の街で遭遇した新聞記者のジョーも、スクープをものにするため、記者ではないただの人になりすまそうとする。夜から夜までのたった一日に、なりすまそうとした二人の男女が出会いと別れを経験することになる。そして、クライマックスとなる翌朝の王女の記者会見場。二人が眼と眼で語り合ったあと、たったひとりになったジョーがコツコツと靴音を響かせて去っていく……。

この『ローマの休日』に関しては、最近、驚くような説を耳にした。というか、眼にした。

それは、マーク・ピーターセンの『ニホン語、話せますか？』という本の中に出てきた説である。刊行されたのは何年か前だが、私は最近読んだのだ。

ピーターセンさんによれば、あの二人は「淡い関係」のまま別れたのではないという。本の中で、「アン王女とジョーが『デキている』証拠」と「アン王女が『処女だった』証拠」という、いささか直截《ちょくせつ》すぎるきらいのあるタイトルの二つの文章によって、「証明」している。

問題になるのは、王女を連れ戻すため、某国の秘密警察の一隊が船上パーティーに乗り込み、参加者を巻き込んだ大立ち回りになったあとの時間だ。アンとジョーはテベレ河に飛び込み、河岸に泳ぎついたあとで、初めてキスをする。

すると、次のシーンでは、ジョーのアパートの外観が映ったあとで、部屋の中が映る。そこには、ジョーがいて、さらに風呂場《ふろば》にはジョーのバスローブを着たアンが鏡に向かっている。

そして、風呂場から出てきたアンと、ジョーはこんな会話を交わす。

「服は、だめになっちゃった？」

「いいえ、もうだいたい乾いているの」

ピーターセンさんによれば、これは、二人がテベレ河から岸に上がり、ジョーの部屋まで戻ってからの「時間の経過」を示しているのだという。そして、さらに、ベッドシーンを描けなかった当時のハリウッド映画の状況から考えて、これは間接的に「性的交渉」があったことを物語るものであったろうというのだ。

やがて、ジョーは車に乗せてアンを大使館の近くまで送る。そして、二人は思いのこもった長いキスをする。

《アンの歳《とし》は、台本では具体的に示されないが、役柄から推すと、18から22くらいだろう。そして、2、3時間前までは処女だった。ここで、彼女は初めて男を知り、しかもその初めての男に、もう二度と会えないのだ。こういう彼女の置かれている立場を考えれば、その非常に切ない表情に初めて納得がいき、このワンシーンは、初めて泣ける場面になるのである》

なるほど、そうかもしれない。いや、たぶんそうなのだろう。

しかし、と思わないわけでもない。

気になるのは、翌朝のジョーの行動である。

自分が新聞記者であることを隠したまま、処女である王女と「性的交渉」を持ったとしよう。その男が、いくら上司に言われたからといって、記者会見場に姿を現すだろうか。王女は、そこに男の姿を見て愕然《がくぜん》とするだろう。あのように心を動かし、

「性的交渉」まで持つに至った男が、新聞記者であることを隠していた。恐らく、昨日一日のことはすべて取材の一環だったのだろう。きっと、洗いざらい書かれてしまうにちがいない。わたしはなんと愚かだったのだろう……。

映画では、王女の機転により、記者のひとりひとりと握手をする特別な時間が設けられ、ジョーと相棒のカメラマンに、撮った写真を手渡す機会が生まれる。それによって、王女は「彼は書かない」ということを理解し、昨夜のことも書くための「手段」ではなかったということを確信する。

しかし、記者会見場に向かうときのジョーに、そのような機会が訪れるなどということを予測できるはずがない。とすれば、自分が記者会見場に出ることは、王女に絶望を与えるだけで終わることになりかねない。いや、そうなると考えるはずだ。たとえ、後日、弁解の手紙を某国のアンの元に郵送しても、その中に相棒の撮った写真を同封したとしても、それこそ側近に握り潰《つぶ》され手に届くことはないだろう。そして、王女の絶望だけが残ることになる。

彼女に、そんな思いをさせてまで、ジョーは記者会見に出るだろうか。そこまで、無神経な男だろうか。もちろん、「デキて」いなければ、つまり「淡い関係」だけなら記者会見場に出てもいいのかというと、そこにも微妙な問題が残るのだけれど。

この「なりすまし」は虚構の世界だけでなく、ごく日常的に存在するものでもある。たとえば、結婚詐欺などというのは「なりすまし」の極北にあるものだろうが、恋愛中の男女が自分を少しでもよく見せようとほんのちょっぴり「なりすます」ことは、世界のどこにでもある微笑《ほほえ》ましいもののひとつだろう。

一方、いまなお日本で猛威をふるっている振り込め詐欺は、「なりすまし」が唯一《ゆいいつ》最大の武器ということになるのだろうし、インターネット上の見知らぬ者同士の交流、交際にも「なりすまし」が思わぬ危険につながる場合もあるはずだ。

しかし、この「なりすまし」、必ずしも悪いことばかりではないような気がする。

私が二十代のはじめの頃に会って、強い印象を受けた人の中に作家の村松友視《むらまつともみ》がいる。

当時、村松さんは中央公論社に勤めていて、「海」という文芸誌の編集部にいた。私が劇作家の唐十郎《からじゅうろう》について「廃墟《はいきょ》の錬夢術師《れんむじゅつし》」という文章を書いたとき、唐番の編集者だった村松さんに話を聞いたことから付き合いが始まった。いちどは、品川の大井町にある村松さんのアパートに遊びに行ったこともあるくらいだ。その部屋はなんとなく日光が不足しているような感じだったが、無垢《むく》の一枚板を煉瓦《れんが》に渡して何枚も積み重ねたものを書棚として用いているのが洒落《しやれ》ていた。私は、その書棚の格好よさにひどく感動したため、自分の部屋でも書棚を同じようにしてしまったほどだった。

その村松さんが大井町を舞台にした『時代屋の女房』で直木賞をもらい、編集者ではなく作家となったあとでのことだった。

酒場で話していて、村松さんが「最近の若い編集者は」と言い出した。村松さんがそういう物言いをするのはとても珍しいことなのでよく記憶しているのだが、「最近の若い編集者はあまり恥ずかしがらなくなった」というのだ。

たとえば、かつて編集者だった頃、年長の作家などと話していると、自分の読んでない本や映画の話が出てくることがよくあった。しかし、それを読んでいない、見ていないというのが恥ずかしく、なんとなく読んだり見たりしているふりをしてしまう。別れると、本屋に行ってそれを買い込み、必死になって読む。あるいは、名画座で探してその映画を見る。そして、後日、知らんふりをして、その作品について語る……。ところが、最近の若い編集者は、恥ずかしがらずに平然と言ってのけるというのだ。それは読んでいません、見ていませんと。

私にも、村松さんの言っていることはよく理解できた。私の若い頃も、誰かと話していて、話題に出てきた本を、実際には読んだことがないのに、つい背伸びして読んだふりをしてしまうということが何度かあった。

考えてみれば、それも一種の「なりすまし」のようなものだったかもしれない。そのくらいの本は当然のように読んでいる人、になりすまそうとすることになるからだ。しかし、その「なりすまし」は、あとでひそかに読んでおくことによって、別のものに化ける可能性がある。つまり、なりすました理想の人物の像に近づこうとすることで、結果として多くのものを手に入れることになるからだ。とりわけ若いときの「なりすまし」は、その人の成長において重要な意味を持つことがあるような気がする。間違いなく、背伸びをすることでしか伸びない背丈もあるのだ。


もっとも、何の意味もない「なりすまし」もある。

私は昼食を自分で作る。毎朝、自宅から四十分ほどのところにある仕事場に歩いて通うのだが、そこには簡単な料理なら作れるくらいの広さのキッチンがついているのだ。もっとも、「作る」と威張るほどのことではなく、たいていはスパゲティーか蕎《そ》麦《ば》かラーメンといった手軽な麺《めん》類を作ることになる。おいしく食べるためのちょっとした手間は惜しまないが、もちろん蕎麦を打ったりするようなことはない。私は、もしかしたら、男性の中では比較的よく料理をする方かもしれないが、道具や素材や料理法に凝ったりする、いわゆる「男の料理」とはまったく縁がない。ほんの少し自慢風に言うとすれば、私が得意なのは、冷蔵庫にある余り物でどんな料理でも簡単に作れるということなのだ。

しかし、昼食にあまり麺類が続くと、時にパンが食べたくなる。それもトーストやサンドイッチのようなものではなく、街のパン屋で売っている「菓子パン」が食べたくなるのだ。そこで、朝、家から仕事場に行く途中にある一軒のパン屋に立ち寄ることになる。

それは何年か前の仕事始めのときのことだった。その年の私の仕事始めは一月四日だったが、仕事場に行く途中、いつものパン屋に寄り、昼食用の菓子パンを三つ買った。コロッケパンとアンパンとクリームパン。やはり、お節《せち》料理に少し飽きていたのかもしれない。

キャッシャーのおばあさんに代金を払っていると、奥の製パン所から主人が出てきて「今年もよろしく」と挨拶《あいさつ》をしてくれた。それだけならいいのだが、「シード権は取れましたか？」と訊《き》いてくるではないか。まずい、と私は思った。そのひとことで、いよいよ私が誤解されていることが明らかになったからだ。

以前、その主人に職業を訊かれて、なんとなくストレートに答えにくく、つい「いいかげんなことをしています」と、それこそいいかげんな答え方をしてしまったことがある。それがいけなかったらしく、どういうわけか、パン屋の主人は私を大学の教師だと思い込んでしまったらしい。「いいかげんなことをしています」という台詞《せりふ》から大学教師と見なすのは短絡的にすぎるようにも思うが、勘違いの理由はそれだけではなかったかもしれない。私がいつもラフな服装をしていること、それにもかかわらず朝が早いこと、しかも季節外れの日焼けをしていて、どうやらしょっちゅう外国に行っているらしいこと。それらを考え合わせ、大学の教師だろうと思い込んでしまったらしいのだ。

それからしばらくした夏のある日、店に寄ってパンを買うと、主人が不思議そうにこう言ったのでその誤解に気づくことになった。

「おや、大学はお休みじゃないんですか」

その時に誤解を解いておけばよかったのだが、そうすると自分の仕事を説明しなくてはならなくなる。それが面倒で、「いや、しなくてはならない仕事があるものですから」などと答えてしまったことがさらに事態を悪化させてしまった。これで本格的に私を大学の教師と思い込んでしまったのだ。

しかし、私の方にも誤解がなくはなかった。その店の近くに駒沢《こまざわ》大学があるため、そこの教師と間違えているのだろうと思っていた。ところが、ある日、「火事の原因は何ですか？」と訊かれてびっくりした。そう言えば、その前日、近くにあるもうひとつの大学の日本体育大学で体育館の出火騒ぎがあった。つまり、その主人は、私を駒沢大学ではなく日本体育大学の教師と間違えていたらしいのだ。駒沢大学よりは遠いが、確かにそこから歩いて行けない距離ではない。なるほど、私は駒沢大ではなく、日体大の教師がふさわしいらしい。やはり、仏教系ではなく、スポーツ系か、と妙なことに感心をしてしまった。

とにかく、その時は、咄嗟《とっさ》に「さあ、どうだったんでしょう」と答えたが、あとでなんとなく恥ずかしくなってしまった。だって、そうではないか。自分の大学の火事の状況も知らないとは……。

そんなことがあってなんとなく足が遠ざかっていたが、年も改まったことだし、もうあのことは忘れているだろうと思い、仕事始めの一月四日に立ち寄ったのだ。しかし、そこでまた「シード権は取れましたか？」と訊《たず》ねられてしまった。

訊ねられたのは、箱根駅伝における日体大の総合成績だということはすぐにわかった。日体大が三日の復路で苦戦し、九位に食い込めるかどうかというところで他校と競《せ》り合っていたため、来年のシード権がどうなってしまったのかを心配しての質問だったのだ。

私もテレビで箱根駅伝は見ていたが、最後のところで家を出なくてはならず、シード権争いの結果までは見届けることができなかった。さらに悪いことに、仕事始めのその日は朝刊を読まないまま出てきてしまっていた。さて、どう答えたものか。ままよ、日体大には悪いが取れなかったことにしよう。

「だめだったようですよ」

そう答えて、店を出たものの、文字通り冷や汗が流れそうになった。

あとで調べてみると、私のでまかせどおり日体大は十一位となってシード権を失っていた。これでまだあのパン屋には行くことができると安心したが、いつかきちんと誤解を解かなくてはならないことは間違いなかった。永遠に偽《にせ》の教師のままでいるわけにはいかないからだ。


ところが、去年の暮れのことである。

朝、家から仕事場に向かう途中、ゲラのチェックのときなどに使う付箋《ふせん》がなくなっていたのに気がつき、駒沢大学内の売店に立ち寄ることにした。いままでよく利用していた文房具屋が閉店してしまい、近所に付箋を売っていそうな店がなかったからだ。

まったく、最近は次々と馴染《なじ》みの商店が店じまいをし、私にはあまり必要のない店ばかりができてしまう。

さて、その駒沢大学の売店だが、以前いちどだけおじゃまして本を買ったことがあった。しかし、記憶にあったその売店には文房具が売られておらず、別の売店を探さなければならなくなった。しばらく構内をウロウロしたあげく、通りかかった女子学生に訊ねると、わかりにくいだろうからと親切にも売店のある建物まで連れていってくれた。

その売店で「ポスト・イット」という商品名の黄色い付箋を買い、構内から出ようとすると、門衛の初老の男性に声を掛けられてしまった。

「お疲れさまです」

どうやら、私を大学の教官と間違えてしまったらしい。いつものようにジーンズとジャンパーという格好なら間違わなかったのだろうが、その朝の私は珍しくジャケットの上にコートを羽織っていたのだ。

門衛の男性にあいさつをされてしまった私は、「いえ、違うんです、ただ付箋を買いにきただけです」とは言えず、「いや、ええ、まあ」などと口の中であいまいにつぶやき、通り過ぎてしまった。

駒沢公園の中を歩きながら、自分が駒沢大学の教官になりすましたようにも思え、おかしいような、悪いことをしたような不思議な気分になった。そして、こんなことも思った。

どうやら、私は偽の日体大の教師から、偽の駒沢大の教師になってしまったらしい。だが、これは偽の教師としてのランクアップなのだろうか、それともランクダウンなのだろうかと。

それから二週間後に行われた今年の箱根駅伝では、駒沢大が二位なのに対し、日体大は九位だった。箱根駅伝の成績だけで比べるなら、ランクアップと言えなくもないのだが……。

ある日、私の仕事場に女性から電話がかかってきた。その女性は、私が受話器を取り上げるとこう言った。

「沢木先生はおいでになりはりますか」

それでその女性が関西の人だということがわかったが、同時に私の知り合いではないということもわかった。

私の仕事場には秘書とかスタッフなどと呼べるような存在は誰もおらず、ただひとり私がいるだけなのだ。そんな事情も知らず、ましてや私の声も判別できないということになれば、私の知り合いということはありえない。だとすれば、私の仕事場の電話番号を調べて電話をしてきたどこかの出版社か編集プロダクションのスタッフということになるが、その声の感じからそういう仕事をしている人とも思えなかった。

そこで私は訊ねた。

「沢木ですが、どちら様ですか」

すると、その女性は声を弾ませて、言った。

「**子です」

「えっ?」

「**子です」

私にはそのような名前の関西なまりの女性に知り合いはいなかった。しかし、相手は当然私が知っているという調子で姓を名乗らず名前だけしか言わない。

「**子さん、ですか?」

私がいかにもわからないという調子をにじませて訊き返すと、相手の女性もとつぜん不安になったように言った。

「沢木先生、でっしゃろ?」

John's Grill

「沢木ですけど」

「………」

「誰かとお間違えになっていませんか」

「いえ、沢木耕太郎さん、ですやろ」

「そうですけど、何か勘違いをされていませんか」

「そんなことは……」

「少なくとも、僕はあなたとはお会いしていないと思いますけど」

「ええ、お声が違ってはります」

「声が違う？」

「沢木さんはそんな声と……」

そこで相手の女性は黙り込んでしまった。本当はそんな声と違ってもっといい声だったと言いたかったのかもしれない。黙り込んでしまった相手に、こんどは私の方から訊ねた。

「あなたは私と……その沢木という人物とどこでお会いになったんですか」

「うちのお店です」

「店？」

「大阪のミナミでバーをやらしてもろてます」

もしかしたら、と私は思った。私の偽者が現れ、そこで呑《の》み食いしたものを踏み倒されたバーのママが勘定の請求に来たのかもしれない。かつて、年長の作家と呑んでいて、おまえさんも偽者が出るようになったら大物になったと喜べと言われたが、私にもついに名前を騙《かた》って無銭飲食をする偽者が出るようになったのだろうか。

彼女の話を聞いていくと、確かに私の偽者が出たらしい。しかし、その偽者は、代金を踏み倒したりするようなことはなく、実に払いのきれいな客だったという。大阪に来たおりには必ず寄ってくれていたのがふっつりと顔を見せなくなった。そこで、どうしても会いたくなり、東京に出てきたのだという。

彼女にも電話を通した声で私とは違う人物だということはわかってきたが、それでも百パーセント納得しきれないものが残っているらしい。五分でも十分でもいいからお眼にかかれないかと言う。私も真偽をはっきりしておいた方がいいだろうと考え、渋谷のホテルのコーヒー・ショップで会う約束をした。

そのコーヒー・ショップに入って行くと、奥で人待ち顔で座っている女性の姿が眼に飛び込んできた。それはバーのママとは思えない地味な洋装の人だったので、思わず他の席を見まわしてしまったが、彼女以外にそれらしい人はいない。私はその席に近づき、訊ねた。

「**子さんでいらっしゃいますか？」

その声で私を見上げた女性の顔に明らかな失望の色が浮かんだ。やはり、彼女が私と思っていた人物とは似ても似つかない顔だったらしい。もし少しでも似ているところがあれば、よく確かめようと見直すだろうからだ。

私が前の席に座り、軽い調子で「やはり違いましたか」と訊ねると、本当に落胆したようにつぶやいた。

「ええ」

そこで用事は終わったも同然だったが、それでは、と席を立ってしまうのは悪いような気がした。いくら私の責任ではないといえ、わざわざ大阪から会いに来てくれたのだ。しかし、何を話したらよいかわからない。やはり、話題はもうひとりの私についてのものにならざるをえなかった。

彼女ともうひとりの私との関わりを聞いてみると、はっきりとは言わないのだがかなり深い関係を持っているらしい。そこで、私は冗談半分に訊ねてみた。

「その、偽者の沢木という人はいい男なんですか」

すると、間髪をいれずにきっぱりと言った。

「それはもう！」

その答えには、あなたなんかと比べ物にならないくらい、という強い響きがあるように感じられた。

私はその私の偽者氏に奇妙な敗北感を覚えてしまった。

しかし、そんなにいい男ならどうして私の偽者など演じているのだろう。彼は彼として十分に魅力的なのだから、私の名前を騙る必要などないのではないか。第一に、その女性は私の作品など読んだことがなく、そもそも私が何者であるかもほとんど知らなかった。とするなら、彼は彼として存在していいはずなのだ。にもかかわらず、あえて私の偽者を演じていたとすれば、それは功利的な目的からではなく、嘘《うそ》をつく楽しみ、なりすます楽しみというようなものに彼がとらわれていたからかもしれない。

例の井伏鱒二の偽者について、井上ひさしさんの本家筋の造り酒屋の御主人がこんなことを言っていたという。昭和二十二年に現れた井伏鱒二の偽者はなかなかの人物だった。土地の文学青年が持ち込んだ小説をきちんと読み、実に的確な批評を加えていたというのだ。

「本物と偽者とは比例の関係にあります。本物が立派であれば、それに比例して偽者も質が高い。逆に、つまらぬ小説家の偽者は、やはりそれに比例してつまらない。長年の経験からわたしはそう法則化しています。昭和二十二年の井伏さんは立派なものでしたよ、本物が立派なようにね」

大阪に現れたという私の偽者氏はどうだったのだろう。もしミナミのバーのママが言っていることに間違いがないとするなら、私の場合に限っては、偽者が本物を凌駕《りょうが》するという、造り酒屋の御主人の「法則」を超えた希有《けう》な例になるのかもしれない。

恐怖の報酬

その日の夕方、仕事場から公園を突っ切って大通りに出ようとすると、道の途中で中年の女性が立ち止まっている。どうしたのだろうと不思議に思い、その視線の先をたどると、地面に細長い緑色のロープのようなものが伸びている。

――何だろう？

しかし、一呼吸を置いた次の瞬間、それが蛇であることに気がついた。

――蛇！

公園といっても、周辺のほとんどが市街化された世田谷の公園である。さすがに、それまで、蛇がいるのは見たことがなかった。

蛇はさほど太くはないが長さは二メートル近くある。色は樹木の葉のような鮮やかな緑ではなく、オリーブの実のような、銅にふく緑青《ろくしょう》のような青みがかった緑色をしている。もしかしたら、青大将かもしれない。それがアスファルトの舗道の上に横たわって動かない。

私は、蛇をこわごわと見ている中年女性に、声を掛けた。

「そのしっぽの後ろを通っていっても平気ですよ」

すると、中年女性が心配そうに訊《たず》ねてきた。

「飛びかかってきませんかね」

「そんなことはないでしょう」

しかし、そうは言っても、靴で軽く蹴《け》ったりして、その女性のために道を開けてあげるというほどの勇気はなかった。やはり、私もどこかで恐《こわ》がっていたのだ。

まだ小学生だった頃の娘に、こう訊ねられたことがある。

「蛇とゴキブリだったら、どっちが恐い？」

私にはどこか鈍感なところがあるらしく、どんなことにもあまり恐怖というものを覚えない。

ただ、蛇は別だ。もちろん、蛇を見ただけで恐怖に震えるというほどではないが、なんとなくいやな感じがすることは確かだ。森や林の中を歩いていて、道の前方に蛇がいるのを見つけたりすると、いなくなるのを待ってから通ったりすることがある。

その蛇とゴキブリとでは比較になりようがない。

そこで娘に訊ねてみた。

「ゴキブリが恐いの？」

「恐い」

「蛇は？」

「恐くない」

「少しも？」

「少しも」

それを聞いて、親子なのにどうしてこんなに違うのだろうと驚かされた。しかし、そもそも娘の質問は何のためのものだったのだろう。考えていると、娘がまた訊ねてきた。

「お父さんはゴキブリを退治できる？」

「できるよ」

「殺せる？」

「殺せるよ」

「すごい！」

何がすごいのかわからない。

「わたしはもし結婚するとしたら、絶対、ゴキブリが退治できる人じゃなきゃだめ」

「ゴキブリを退治できない男なんていないと思うよ」

「わからないよ。ゴキブリが恐い男の人だっていると思うよ」

そう言われて、案外そうかもしれないと思った。あのアブラじみた光沢がたまらなくいやだ、見るのもゾッとするし、退治なんてしたくもない、という男性がいないとも限らない。

娘がこんなにゴキブリをいやがる理由の一端は、彼女が生まれてからずっとマンションの高層階に暮らしているため、ゴキブリを見る機会が少ないということにあるかもしれない。家では何年かに一度窓から飛び込んでくるゴキブリを見るくらいだろう。そのため、学校や一軒家の祖母の家などでゴキブリを見ると、それだけショックが大きいということなのかもしれない。

しかし、やはり、私にとって不思議だったのは、娘には蛇が恐くないらしいということだった。

「蛇が道にいても平気?」

「ぜんぜん」

実際には蛇がいるところにぶつかったことなどないとは思うが、たとえ道で遭遇しても少しも恐くないという自信に満ちた口調である。そういえば、動物園に行ったとき、爬虫類館《はちゅうるい》でずいぶん熱心に眺めていたものだった。

こうなると、何が恐いかというのは、持って生まれた性格というか、性分というか、嗜好《しこう》というか、そういったものなのかもしれないと思うよりほかはない。


世の中にはさまざまな恐怖症が存在する。

閉所恐怖症、広場恐怖症、暗所恐怖症、対人恐怖症、男性恐怖症、女性恐怖症、動物恐怖症、植物恐怖症、尖端《せんたん》恐怖症、不潔恐怖症、飛行機恐怖症、列車恐怖症、雷恐怖症、果てはピエロ恐怖症からトランペット恐怖症などというものまである。

もっとも、トランペット恐怖症というのは心理学の本に載っているものではなく、私が勝手に名前をつけただけなのだが、本当にトランペットの演奏に恐怖を覚えるという人がいるらしい。あの偉大な作曲家のヴォルフガング・アマデウス・モーツァルトも、幼い頃、トランペットのソロの演奏を聞くと体の調子が悪くなってしまったという。

しかし、最もよく知られており、周囲にいる人の中にもすぐ見つかりそうなのが高所恐怖症である。恐怖症とまではいかないが、あまり高いところは好きではないというくらいの人なら、二人に一人くらいの割合でいるのではないかと思われる。

その高所恐怖症で思い出すのは女優の薬師丸《やくしまる》ひろ子だ。最近では母親役が板についてきた薬師丸さんが、まだアイドル風の初々《ういうい》しさを持っていた頃、私が担当していたラジオのインタヴュー番組に出演してもらったことがある。

薬師丸さんは東京の出身で、都心の公団住宅で生まれ育ったという。そこは高層の建物で、薬師丸さんの家は、その九階にあったらしい。だから、小さい頃は、親御さんと喧嘩《けんか》すると、「死んでやる！」などと叫んで窓の手摺《てす》りから身を乗り出したりしたものだという。それを聞いて、その大胆な行動と薬師丸さんの雰囲気との落差に驚いたり、逆にかわいらしく思ったりしたが、そもそも、そんな高いところから身を乗り出したりして恐くなかったのだろうか。訊ねると、薬師丸さんは悪戯《いたずら》っぽく笑いながら答えたものだった。

「いえ、ぜんぜん」

そして、こう付け加えた。

「むしろ、低いところの方がだめなんです」

それはどういうことなのだろう。さらに訊ねると、こんな話をしてくれた。

一年くらい前、東京を離れて長期の撮影をする仕事が入り、ホテル暮らしを余儀なくされた。それほど長く親元を離れるのは初めての経験で、そのホテルでのひとり暮らしには戸惑うことが多かったという。しかし、戸惑ったのは、ひとりで暮らすということ自体ではなかった。

ホテルの部屋は低層階にあったが、薬師丸さんによれば、そこはあまりにも「低すぎた」というのだ。高所恐怖症の人が聞いたらびっくりするような台詞《せりふ》だが、薬師丸さんの部屋の前には別の建物が立っており、窓の向こうに誰か人がいる気配がする。薬師丸さんにとってはまったく初めての経験で、それが気になって仕方がなかった。とにかく、薬師丸さんが育ったのは九階で、窓の向こうは何もない空だったからだ。

私が生まれたのも東京だが、育ったのは二階のない平屋だった。風の強い日など、夜中に眼を覚ますと、決まって障子に映っている影がある。それは縁側の向こうの庭を、盗賊の群れが大八車《だいはちぐるま》に荷物を満載して横切っていくところだった。

さすがに、大八車というのは、私たちの子供の時代にも東京では滅多に見ることはできなかったが、時代劇の映画などで見て記憶に残っていたのだろう。

私はその盗賊たちにさらわれるのではないかと思い、眼を閉じて布団《ふとん》の中で息をこらしている。じっとしているのは、恐怖からではなく、さらわれた先で盗賊たちと波《は》瀾《らん》万丈の生活が送れるのではないかという期待からである。しかし、いつしかまた寝入ってしまい、朝起きると、別に山奥の洞窟《どうくつ》にも砂漠のテントにも寝ていなくてがっかりする、などということがよくあった。

それが庭の奥に植えられている八手《やつで》の大きな葉が風に揺れるせいだったとわかったのは、だいぶ大きくなってからのことである。その影が私の眼に大八車を押していく盗賊たちに見えていたのだ。

しかし、数えてみると、私もまたそうした地面に接した家屋での生活より、高層の建物の高い階での生活の方がはるかに長くなってしまっている。

だからというわけでもないのだが、私にも薬師丸さんと同じく高所恐怖症というようなものはない。好んで高いところに行く趣味はないが、高いところに行ったからといってパニックに陥ることもない。いや、むしろ、自分でも意外だったのだが、どうやら私は高所に強いらしいのだ。

私は数年前まで山登りとはまったく無縁に暮らしてきた。登山家に知り合いはいたが、自分が山に登るということはまったくなかった。

それが、山野井泰史《やまのいやすし》というクライマーと知り合うと、あれよあれよというちに、まず富士山に登り、次はヒマラヤのギャチュンカンという山の五五〇〇メートル地点まで登ることになってしまったのだ。

私にはまったく登山の経験がなかったが、富士山は意外なほど簡単に登れた。それには同行してくれた山野井さんも少し驚いたようだった。普通、富士山に登るまでは平気でも、三七七六メートルの山頂に長時間とどまると、軽い高山病の症状が出てきたりするものなのだという。だが、私は、山野井さんと富士山の山頂にある測候所に一泊させてもらってもまったく変わりなかった。

その様子を見て、山野井さんはヒマラヤに連れていっても大丈夫と判断したらしい。三カ月後、山野井夫人の妙子《たえこ》さんと三人でギャチュンカンに行くことになった。生まれて初めて登った山が富士山で、その次に登るのがヒマラヤの山というのだから、幼稚園児が飛び級をしていきなり大学院に入ってしまったようなものである。しかも、高い山に登るためには、その過程で何度か「順化」のため登山をしなくてはならないのだが、山野井さんは四千メートル級の丘に一度登っただけで、一気にギャチュンカンへのキャラバンに入ってしまった。沢木さんなら大丈夫でしょう、と。

さすがに五五〇〇メートル地点に辿《たど》り着いたときには、食欲が落ちてきて、動作も緩慢になっていたが、依然として自分では元気なつもりでいた。ところが、山野井さんと妙子さんは、私の様子から、軽い高山病にかかっていると判断していたらしい。高山病は死に至ることもある危険なものである。山野井さんは妙子さんと二人になると、「ここで沢木さんを殺してしまったら、みんなに怒られるだろうなあ」などと半分本気で話していたらしい。

やがてギャチュンカンに来た目的を達した私たちは下山することになり、帰りのキャラバンを始めた。すると、ほんの少し下るだけで私はすっかり元に戻ってしまった。

日本に帰って、山野井さんが人にこう話しているというのを聞いた。

「高所で高山病にかかると、どんな人でもどこかわがままになるものだけど、沢木さんはふだんと少しも変わらなかった」

それは、小学校の担任が私の母に「宿題はよく忘れるけれど、授業を聞くのだけは集中している」と言っていたと聞かされたときと同じように嬉《うれ》しいものだった。

だが、私がそうした状態でいられたのも、やはり体質的に高所に強かったからだと思われる。富士山の測候所には体内の血中酸素濃度を計る「パルスオキシメーター」という計測器があり、山野井さんに勧められて計ってみた。普通は、空気の薄い富士山の山頂ではかなり血中の酸素濃度が落ちるものなのだが、私はあまり落ちていなかった。

血液中の酸素は赤血球に含まれるヘモグロビンと結合することで体内の各所に運搬される。そのヘモグロビン分子がきれいな形をしていればいるほど効率よく酸素と結びついて運搬できるのだという。歪《ゆが》みがあるとヘモグロビンとくっつくことのできる酸素の分子の数が少なくなってしまうらしいのだ。貧血気味の人はヘモグロビンの形に歪みがあることが多いとも聞いた。つまり、高所でも血液中の酸素を効率よく運んでいる私のヘモグロビンはかなりきれいな形をしているということになる。

以来、誇るものとてあまりない私は、こう言って自慢することになった。

「俺のヘモグロビンの形はとてもきれいなんだぞ」

だからといって、「素敵!」などと声を上げてくれる人はひとりもいなかったが。

それはともかく、ギャチュンカンのキャラバンの途中には断崖《だんがい》絶壁を一歩一歩横切らなければならない箇所がいくつかあり、足を踏み外せば一巻の終わりだったが、恐怖のあまり身がすくむというようなことはなかった。

私は、毎月一回、新聞に映画の感想のようなものを書いていることもあってかなり多くの映画を見ている。どんな映画でも選り好みしないが、唯一《ゆいいつ》、あまり見ない映画の種類がある。それがホラー映画だ。『オーメン』や『エクソシスト』くらいは見たことがあるが、ジェイソンだとかフレディだとかチェーンソーを振りまわす男が出てきて女の子を追いかけまわすような映画はなんとなく敬遠してしまう。

それは私が恐《こわ》がりだからではなく、ただ無意味に恐がらせるようなものを見たくないからだ。ただ無意味に泣かせようとするような映画を見たくないのと同じように、と、そう思っていた。

ところが、最近、どうもそうではないらしいということがわかって、軽いショックを受けた。発端は、ある雑誌に、北野武《きたのたけし》が監督した『アウトレイジ』という映画についての感想を書いたことだった。

ヤクザしか出てこない『アウトレイジ』には当然のごとく暴力シーンが描かれる。殴る、蹴《け》る、切る、刺す、撃つ……。

その中に、指を詰めるシーンがある。

自分の組の若い衆の行為を詫《わ》びるため、敵対する組にその若い衆の小指を持っていく中堅幹部がいる。ところが、敵対する組の幹部は鼻で笑って受けつけない。そして、お前が指を詰めるなら許してやろうと言う。しかも、短刀や包丁ではなく、ちょうどそこにあったカッターで切れと言うのだ。

私はそのシーンを取り上げて、次のように書いた。

《この『アウトレイジ』でも、頻繁に予期しない暴力が登場してくるが、とりわけ激しい痛みを覚えるのは、指を詰めるシーンだ。鋭利な短刀を使えば、観客も痛みを感じなくてすむかもしれない。ところが、チンピラの指を持って詫びを入れてきた村瀬組の組員に、大友組の若頭が、そんなもので済むと思うか、おまえの指を詰めろと迫る。しかも、それを、文房具として使うようなカッターでやれというのだ。組員は脂《あぶら》汗《あせ》を流しながら、それでもカッターで小指を詰める。それだけでも正視できないほどの痛みを感じてしまうが、指を詰めた勢いでその組員が粋《いき》がって吠《ほ》えると、組長の大友がそのカッターを手に、薄く笑いながら宙に大きく×印を書く。それが組員の顔を切りつける動作だったと知って、見ている者は強い衝撃を受ける。カッターで人の顔を切る。それはかつて経験したことのない恐ろしい暴力シーンとして受け止められるからだ》

ところが、原稿を渡した翌日、若い編集者から、あのシーンでは村瀬組の組員は指を切り落としてないのではないでしょうか、という電話が掛かってきた。周囲の何人かにも訊《たず》ねてみましたが、やはり切ってないという意見でした、と。

そこで、映画館でもういちど見てみると、確かに切り落としていない。私は急いで

2:00

文章を訂正しなくてはならなかった。

《組員は脂汗を流しながらカッターで小指を詰めようとする。それだけでも正視できないほどの痛みを感じてしまうが、指を詰めきれずにその組員が粋がって吠えると、組長の大友がそのカッターを手に、薄く笑いながら宙に大きく×印を書く》

どうやら、私は、そのシーンが映し出された瞬間、眼をそらせてしまっていたらしい。文字通り「正視」できなかったのだ。

恐いから？　嫌だから？

もしかしたら、その中間かもしれない。

私がヤクザで、余儀なく自分の指を詰めなくてはならないとしたら、なんとか我慢できるような気がする。だが、人が詰めるところを見るのは避けたいと思うかもしれない。たぶん、それが『アウトレイジ』で眼をそらすことになってしまった理由だったのだろう。

先日、行きつけの理髪店の主人と話をしているうちに、またヤクザの話になった。

この店の主人は私よりはるかに若いが、とても話が面白い。ということは、彼が人の話を聞くいい耳を持っているということでもある。

彼は理髪師のコンテストに出場し、全国でベスト・シックスに選ばれたほどの腕を持っている。そのうえ人の当たりもいいのだから客が来ないはずはない。とりわけ男性用パーマの技術がすぐれているため、パンチ・パーマを美容院でかけるのを嫌うヤクザたちが、口コミでかなり遠方からも集まってくるようになった。

しかし、最近は、いかにも「あの業界」の人だとわかるようなパーマは流行《はや》らないのだという。

「でも、それ相応の顔をしてますからね。どうやっても、わかってしまうんですけど」

ここでは、浮世床《うきよどこ》さながらに、さまざまなヤクザに関する話を聞くことができる。

この不景気のため、組から独立できないと嘆いている若頭の話。親分が稼ぎのいい彼をなかなか手放してくれないのだという。あるいは、不意の停電をネタに、ワープロのデータが消えてしまったではないかとイチャモンをつけ、電気工事会社から大金をせしめた右翼系ヤクザの話。最近は、ゆすりの種も「マルチ・メディア化」しているらしい。また、収入は激減しているものの繁華街の呑《の》み屋通いはやめられないという幹部の話も面白かった。なぜならそこで商売のネタやカモを見つける必要があり、その先行投資をしないとさらに先細りになってしまうからだという。

「先日も渋谷が縄張りのヤクザの方が来ましてね。その方は糖尿病なんですけど、ヤクザが糖尿病になるととても困ることがあるそうなんです。何だかわかります？」

「酒が呑めなくなることかな」

私が少し考えたあとで答えると、主人が髪を刈る手を休めることなく言った。

「確かに毎晩ヘネシーを一本呑んでいたのが、いまではぜんぜん呑めなくなってしまったそうですけど、それはまあ我慢できるんだそうです」

「眼が悪くなることかな」

「刺青《いれずみ》なんだそうです」

「刺青？　どうしてだろう」

「糖尿病になると刺青の色が褪《さ》めやすくなってしまうんだそうです」

なるほど、それは体験した人でなければわからないことだろう。

「おまけに、糖尿病になると血が止まりにくくなるとかで、新しく刺青ができなくなるそうなんです」

「へえ」

「なんでも、その方は彫っている最中に糖尿が出るようになってしまったんで、ヒョットコだか観音様だかが半分しかできていないところでドクター・ストップが掛かってしまったそうなんです」

それを聞いて、私はつい笑ってしまった。

「そいつはかわいそうだね」

「おまけに、彫ってあるものもどんどん色が褪《あ》せてくるというんですからね」

「そうか、ヤクザには糖尿病は鬼門なんだね」

そこでヤクザと糖尿病の話にはキリがついたが、もちろん、この理髪店で聞いたヤクザの話の中に指を詰めることに関するものがないはずはない。

「うちに来るお客さんに闇金融《やみきんゆう》をやっているヤクザの人がいましてね、バブルがはじけて以来、ヒーヒー言ってますよ」

「やっぱり闇金融も不景気の影響を受けるのかな」

「それは受けるんじゃないんですか」

「不景気になればなるほどよさそうに思えるけど」

「いえ、そういう人たちが貸す相手というのは、もともと危ないところでしょ。それがバタバタ倒産しちゃうんだそうですよ。もう担保物件の差し押さえ競争だって言ってますね」

「差し押さえ競争か。運動会みたいだね」

「そのうえ、たとえ競争に勝っても、その物件を買ってくれるところがなくなってしまったらしくてね」

「それはそうだろうね」

「あの人たちは上部から金を借りて、それを貸しているから焦《こ》げつくと大変なんですよ」

「どうなるの？」

「やっぱり指を詰めたりするんでしょうね」

「ヤクザもつらいね」

「このあいだも、あるところの中堅幹部が左手に包帯を巻いてきたんですよ」

「出入りかなんかで？」

「いや、なんでも若い衆の不始末の責任を取って指を詰めたとかで」

「どこの指？」

「小指らしいんですけど、切った小指を支えるために薬指も一緒に包帯を巻いていましてね」

「大変なんだね」

「ええ、だからどういうふうに処置してあるのか訊《き》いてみたんですよ」

「そうしたら？」

「まず短刀とか包丁とかで指のどこかの関節を切り落としますよね。そうすると、医者が中の骨をグラインダーで削って周りの肉を引っ張って袋縫いするんだそうです」

「麻酔は？」

「かけないんだそうです」

「痛そうっ！」

私は思わず声を上げてしまった。

「金がある奴《やつ》は金で解決できるから指が揃《そろ》っているんだそうです。幹部クラスで指がないのは金儲《かねもう》けが下手な証拠だと自分で言っていましたけどね」

だが、指を落とすという話では、山野井夫人の妙子さんの話に勝るものはない。

世界的にもすぐれたクライマーである妙子さんは、まだ山野井さんと結婚する前、八〇四七メートルのブロード・ピークを登ったあと、続けて八四六三メートルのマカルーという山に登ることに成功する。しかし、下降する際、仲間を守るために困難なビバークを強いられ、重度の凍傷によって手の指を第二関節から十本すべてと、足の指を八本失うことになる。

日本に帰るとすぐに入院し、凍傷になった部分を切り落とす手術を受けた。その直後、病室にひとりの男性が菓子折りを持って訪ねてきた。彼は小指を詰めて入院していたヤクザだったのだが、あまり痛い、痛いと騒ぐのに業《ごう》を煮やした看護師にこう言われてしまったのだという。

「小指の一本くらいでなんです。女性病棟には手足十八本の指を詰めても泣きごとを言わない人がいますよ」

それに恐れ入ったヤクザがその「凄《すご》い姐御《あねご》」に挨拶《あいさつ》しにきたというわけだったのだ。

ところで、公園の蛇である。

舗道に横たわっている蛇を中年女性と一緒に見つめていると、蛇は急に気が変わったらしく、ゆっくりと動きはじめた。そして、灌木《かんぼく》の林の下に生い茂る草むらの中に入っていった。私たちは顔を見合わせ、互いになんとなく意味不明の笑いを浮かべながらそれぞれの方向へ歩きはじめた。

それにしても、いくら公園とはいえ、こんな都会で蛇を見るとは思わなかった。ここにいるということは、親の代からこの世田谷に住んでいるということなのだろう。よく死に絶えなかったものだ。

しかし、それから半月もしないときだった。またそこを通りかかると、灌木の枝は切り払われ、生い茂っていた下草は刈り取られてしまっていた。

どうして公園の管理事務所がその灌木と草むらの整備を始めたのかは知らない。あるいは、蛇の出没情報を耳にして駆逐しようとしたのかもしれない。だが、いずれにしても、蛇にとって暮らしにくい環境になってしまったことだけは間違いないようだった。私は、もしかしたら代々世田谷に長く棲《す》んでいたかもしれない蛇の一族が「流《る》浪《ろう》」の旅に出ているのではないかと、少し哀れに思えてきた。

先日、ふと思いついて、娘に訊ねてみた。

「まだ、結婚相手の条件はゴキブリ？」

「なんのこと？」

「子供の頃、結婚するなら絶対にゴキブリを退治できる人じゃなけりゃだめだって言ってただろ？」

すると、娘に軽く一蹴《いっしゅう》されてしまった。

「そんなことが結婚の条件になるはずないじゃない」

時は流れる。

春にはならない

ある年の四月、イギリスのデーリー・メール紙に「マラソン出場の日本人、二日後も力走」という記事が大々的に載った。三月二十九日に行われた「ロンドン・マラソン」に出場した日本人青年が行方不明になっているが、それはどうやら二日後の現在も走りつづけているためらしい、というのだ。

青年の名はナカジマ・キモ、年齢は二十四歳で、イギリスにある日本車販売会社の招待で参加したが、三十一日の夜になっても消息がわからない。販売会社の社長であるブライアン氏によると、ナカジマ君は勘違いをしてしまったのではないかという。マラソンの距離は四十二・一九五キロだが、イギリスでは二十六マイルレースとして知られている。この二十六マイルレースを、二十六日間耐久レースと取り違えて理解してしまったのではないかというのだ。

「ナカジマ君には英国全土の地図を渡したが、そこには私の販売店網が記されているので、同君はその全部を回るものと勘違いしたと思われる。私の日本語が至らなかったばっかりに……」

これがそのブライアン氏の談話である。

だが、勘のいい人なら、途中から、これはヘンだぞと思ったに違いない。日本人の名前として、キモというのはありえないし、いくらなんでも、マラソンのゴールを駆け抜けて、さらに走っている人がいるとは思えない、と。

そう、これはイギリスの新聞が四月一日に載せる、エイプリル・フール恒例の「ジョーク」の記事だったのだ。

日本の時事通信の記者が、デーリー・メール紙の編集部に、なぜこの「ジョーク」の記事の主人公が日本人でなくてはならなかったのか訊《たず》ねたところ、こんな答えが返ってきたという。

「日本人が強い精神力を持つことはつとに知られており、ストーリーに現実味を持たせるためにはどうしても日本人でなければならなかった」

しかし、と時事通信の記者は最後にこう書いている。

《日本車ディーラーも登場する筋書きから、在英邦人の間では、日本車に押されっぱなしの英国民のうさを晴らすための物語との見方がもっぱら》

本当にそうだったのかどうかはわからないが、デーリー・メール紙がこの機会にひとつ日本人をからかってやろうと思ったのは間違いない。そして、そのからかい方には、英国市場における日本車の席巻《せっけん》ぶりなどということとは関係なく、イギリス人の日本人に対する理解の仕方が表れているように思われる。どこかに、第二次大戦中の、「カミカゼ」の搭乗員に抱いただろう「思い込んだらどこまでも突っ走ってしまう」ことに対する恐怖感と違和感が投影されているはずだ。

これなど、どこから見てもウソっぽいウソだからいいが、困るのはいかにもホントらしいウソである。

文芸雑誌には見開き二ページのエッセイの欄があって、ときどき執筆を依頼されることがある。

気安く引き受けたものの、何を書いていいかアイデアが浮かばず困っているとき、一本の古い映画を見た。イタリア・ネオリアリズムの巨匠というより、不運にもイングリッド・バーグマンの元亭主としての方が有名になってしまったロベルト・ロッセリーニの『ドイツ零年《ゼロねん》』で、敗戦直後のベルリンを描いた作品だった。その中に、貧しさのために電気を盗む家族が出てきて、「そうだ!」と思いついた。あれを書けばいいのだ、と。

あるとき、偶然、酒場で私の父母の世代に近い年長の作家と出会った。呑《の》みながら話しているうちに、内容はしだいに互いの若い頃の「貧乏自慢」の様相を呈して白熱してきた。その中で、年長の作家が、ちょっぴり誇らしげに語っていたのは「盗電」の経験だった。やはり敗戦直後の東京で、金がないため料金を払えず頻繁に電気を止められるようになってしまった。そこで一計を案じ、メーターに通さないで電線をつなぐ方法を学び、電力会社の検針員が来そうになると元に戻していたという。

私も大学を卒業してひとり暮らしをするようになってからというもの、金がないため公共料金が払えないという状況が続き、実にいろいろなものを止められた。さすがに水道だけは止められなかったが、電気やガスや電話はしょっちゅうだった。ガスや電話はそうでもないのだが、電気が止められるとかなり恥ずかしかった。アパートの電気メーターは外に一列に並んでいることが多く、料金未納で止められるとそこに荷札のようなものがつけられることになる。誰の眼にも私の部屋だけ止められているということが簡単にわかってしまうのだ。

しかし、その点を除けば電気がないことでそんなに困った記憶がない。だいたい夜遅くにしか帰ってこなかったので、着替えは窓から差し込んでくる街灯の光で間に合わせ、どうしても明かりが必要なときはローソクを灯《とも》していた。

そんなことを話すと、その年長の作家がなかば呆《あき》れたように言ったものだった。

「まったく、若いくせに、戦後の遺物のような生活をしていたんだな、君は」

私はそのときのやりとりを中心に頼まれたエッセイを書くことにした。もっとも、同じ「貧乏」でも、年長の作家の「時代に強いられた貧しさ」と、私の「自ら選んだ貧しさ」とは質が違っていたかもしれないと書くことを忘れなかったが。すでに私の時代には、若くて健康でありさえすれば「貧乏」はどうにでもうっちゃれるものとして存在していたからだ。

ところが、それが文芸雑誌に載ると、こんどは私もよく知っている年下の作家が、同じ雑誌にそのエッセイの内容に触れて、「アンサーソング」のようなエッセイを書いた。

それによれば、私の「自ら選んだ貧しさ」は、むしろ「自ら選んだ至福」というようなものに見えるというのだ。

なるほど、私はその「貧乏」を楽しんでいたようなところがないではない。だから、その年下の作家の指摘は間違っていなかったのだが、しかし、彼が、そうした健康な「貧しさ」とは違い、現代の「貧しさ」はもう少し微妙に屈折したかたちを取るとして、ひとつのエピソードを語っている後段に至って、なるほど、とは言っていられなくなってしまった。

そこで彼はこんなことを述べていたのだ。

《むしろ、最近、私が、われわれ個人業者の〝身の上〟について、少しばかりシミジミ考えさせられたのは、雑誌のスタイリストをしている年上の女友だちから聞いた、こんな話です。

……彼女の仕事仲間の洋子さん（とでもしておきましょう）は、フリーの編集者。一人暮らし。とにかく忙しい。金はあるけど、銀行へ振り込みに行くひまがない。

ある日、仕事の帰り、洋子さんは、彼女を自宅のマンションに招きました。ただし、その前に、深夜営業のスーパーに寄っていきたいという。ボルヴィック（フランス産の飲料水）の1・5ℓボトルを買いたいというのです。しかし、その買い方が、尋常ではない。

「山ほど買うの。ほんとに、山ほどよ。」

女友だちは、私に、両手で大きな山を作ってみせました。

洋子さんのマンションの水道は、料金未納で止められている（水道が止められるというのは、よほど長期の滞納です）。だから洋子さんは、大量のボルヴィックをバスタブに注ぎ、入浴していたというのです》

この挿話を読んだとき、最初は私も面白いなと思った。現代の、それも先端的な仕事をしているらしい独身女性が料金未納のため水道を止められている。だからといって、金がないわけではないから、大量のミネラル・ウォーターを買い込んで、それを風呂桶《ふろおけ》に流し込んで入浴している。確かに、東京という大都市ならではの、《「豊かさ」と「貧しさ」、そして「孤独」というもの》を巡る一種の「怪談」ではあるなと。

しかし、その理由が何であるかわからないままに、なんとなく違和感のようなものを覚えないわけにいかなかったのだ。

――ミネラル・ウォーターで風呂か……。

それからしばらくしてのことである。仕事場で風呂に入らなければならないということがあった。

当時、私が仕事場にしていたマンションの一室には、いわゆるユニットバスというのがあった。しかし、あまりにも小さいため滅多に使っていなかった。バスタブが小さすぎて、足を延ばすどころか折り畳んでも苦しいくらいだったからだ。しかし、その日は、夕方から人に会わなくてはならないという状況があった。しかも、風邪のため数日風呂に入っていないという状態が続いていた。

そこで、バスタブに湯を張りはじめたのだが、それを見ているうちに、ふと、気になることが出てきた。

そこで、私は机の前に座り、原稿用紙の裏で計算してみることにした。

100（㎝）×100（㎝）×100（㎝）＝1000000（cc）

1000000（cc）＝1000（ℓ）

1000（ℓ）÷1・5（ℓ）≒667

なんと、タテ、ヨコ、深さがそれぞれ百センチのバスタブを水で満たすためには、一・五リットルのペットボトルが六百六十七本も必要なのだ。

あの現代の「怪談」たる、「独身女性がミネラル・ウォーターの風呂に入っている」という話では、仕事帰りにペットボトルを買ってきたことになっている。

ところで、普通の人が一・五リットル入りの大きなペットボトルを買うとき、最大で何本くらい持てるものだろう。スーパー・マーケットのビニール製のレジ袋では、四本も入れたら、その重さで持つところが切れかかってしまうだろう。袋を二枚か三枚重ねてもらっても、五本も入れたら限界ということになるはずだ。それを両手に持ったとしても十本である。実際には女性であり、ハンドバッグも持っているだろうから、十本ものペットボトルを持つのは難しいように思えるが、仮に持てたとしよう。「年上の女友だち」と「仕事仲間の洋子さん」の二人が、手が痛くなるのに耐えてようやくマンションに持ってくることができたとしても、最大で二十本である。

1・5（ℓ）×20＝30（ℓ）

二十本のペットボトルに入っている水の量は三十リットルにすぎない。

いったい、それで風呂に入れるものだろうか。

私はメジャーを持ちだし、我が仕事場の恐ろしく小さなバスタブの寸法を測ってみた。

すると、それは、内のりで、タテ六十センチ、ヨコ七十センチ、深さ六十センチだった。

60（cm）×70（cm）×1（cm）＝4200（cc）
4200（cc）＝4・2（ℓ）

深さ六十センチのこの小さなバスタブに、わずか一センチの水を溜《た》めるのでさえ、四・二リットルの水が必要となる。

30（ℓ）÷4・2（ℓ）≒7・1

二人が必死の思いで買ってきた二十本のペットボトルでは、我が仕事場のバスタブでも、わずかに七センチ一ミリしか水が溜まらないのだ。

しかも、入浴するためには水を湯にしなくてはならない。水を湯にできるということは追い焚《だ》き式の風呂なのだろう。循環口から湯沸かし器まで水を戻して温める。しかし、七センチ一ミリでは、循環口にまで達することすらできないはずなのだ。

いずれにしても、「洋子さん」はボルヴィックで風呂に入ることはできなかった。できたとすれば、ヤカンか鍋《なべ》で湯を沸かし、体を拭《ふ》くことくらいだったろう。しかし、それなら逆に、「山ほど」のペットボトルは必要なかった。

だから、この話には、どこかにウソがあるのだ。

私の知り合いの年下の作家が話を作ったようには思えないから、「年上の女友だち」

という人が話をいくらか面白く作り替えてしまったのだろう。あるいは、その人が「洋子さん」にかつがれてしまったのかもしれない。いかにもホントらしかったため、私の知り合いの年下の作家はその底に潜むウソに気がつかなかった。

この話は、ひとりの作家の「勘違い」というところで収まっているからまだいいものの、ホントらしいウソがひとり歩きしはじめると、少しばかり困ったことになってしまう。

ずいぶん前のことになるが、ある朝、新聞の家庭欄を読んでいて、はて、と思ったことがある。

《氷が解けたら何になりますか――

「水になりまーす」

おそらく、どの子どももそう答えるでしょう。先生も、それが正解と思うに違いありません。でも、ある子どもは「春になる」と答えました。

ちょっと、びっくりさせられる答えですが、確かに氷が解ければ春になる。みんなが一斉に同じ方向に考えを向けていた時、その子だけは全く別の方向へ頭を働かせていたのです。これは実際にあった例で、ある女性タレントの娘さんの答えだったそうです。この子は先生から×をもらいました。
みんなが考え及ばないことを思いつくというのは、頭のよさの一つです。この例の答えなど、とても子どもらしい、いい答えだと思うのですが、なぜ×をもらうのでしょうか》

この記事は『頭のよしあし』という連載物の一回で、この回には「創造的知能」という副題がついている。それによっても簡単に推察できるように、記事は「氷が解けたら」のエピソードを枕《まくら》に、創造的能力を養うという側面における日本の学校教育の硬直性を批判し、合わせてアメリカの柔軟な教育法を肯定的に紹介していた。しかし、一読して私は奇妙な印象を受けた。引っ掛かったのは「氷が解けたら」のエピソードそのものだった。

記事から判断するかぎり、このエピソードの主人公である少女は、都会育ちだと考えられる。なぜなら、母親が「女性タレント」であるという以上、この日本においては都会、それも東京か大阪を中心に暮らしていくしかないように思われるからだ。そうだとすれば、「氷が解けたら、春になる」という答えは、生活の実感から出たものではないということになる。そうではないだろうか。北国の、しかも冬のあいだずっと氷結している湖沼の近くに住んでいる子供でもないかぎり、氷が解けたら春になるなどという答えが自然に出てくるはずがない。もしその答えが少女の「ジョーク」でないとしたら、どういうことが考えられるか。その少女は、次の三つのうちのどれかのタイプということになる。ひねくれた子か、ファンタスティックな子か、愚鈍な子か。つまり、「水になる」などという平凡な答えでは満足しないようなひねくれた子か、常日頃から童話や童謡に親しんでいて氷が解けることと春とが一直線に結びついてしまうような子か、あるいは質問の意味が正確に受け取れないほど愚鈍な子であったのか、のいずれかである。

もちろん、この少女が「氷が解けたら何になりますか」という問いに、「春になる」と答えたことには少しも問題はない。ひねくれているためか、夢見がちなためか、愚鈍であったためかはともかく、そう答えることもあるかもしれない。私が奇妙だと思うのは、まず「女性タレント」だというその母親である。どうやら、彼女は自分の娘がこのような答えをしたということを誇らしく思っているらしい。ひょっとしたら、それが何か特別な才能、それこそ「創造的知能」を持っていることの証《あかし》とさえ思っているのかもしれない。そうでなければ、こんなことを公《おおやけ》にしたりするはずがないからだ。彼女は、教師への批判の念をこめて、どこかに書いたか喋《しゃべ》ったかしたのだろう。

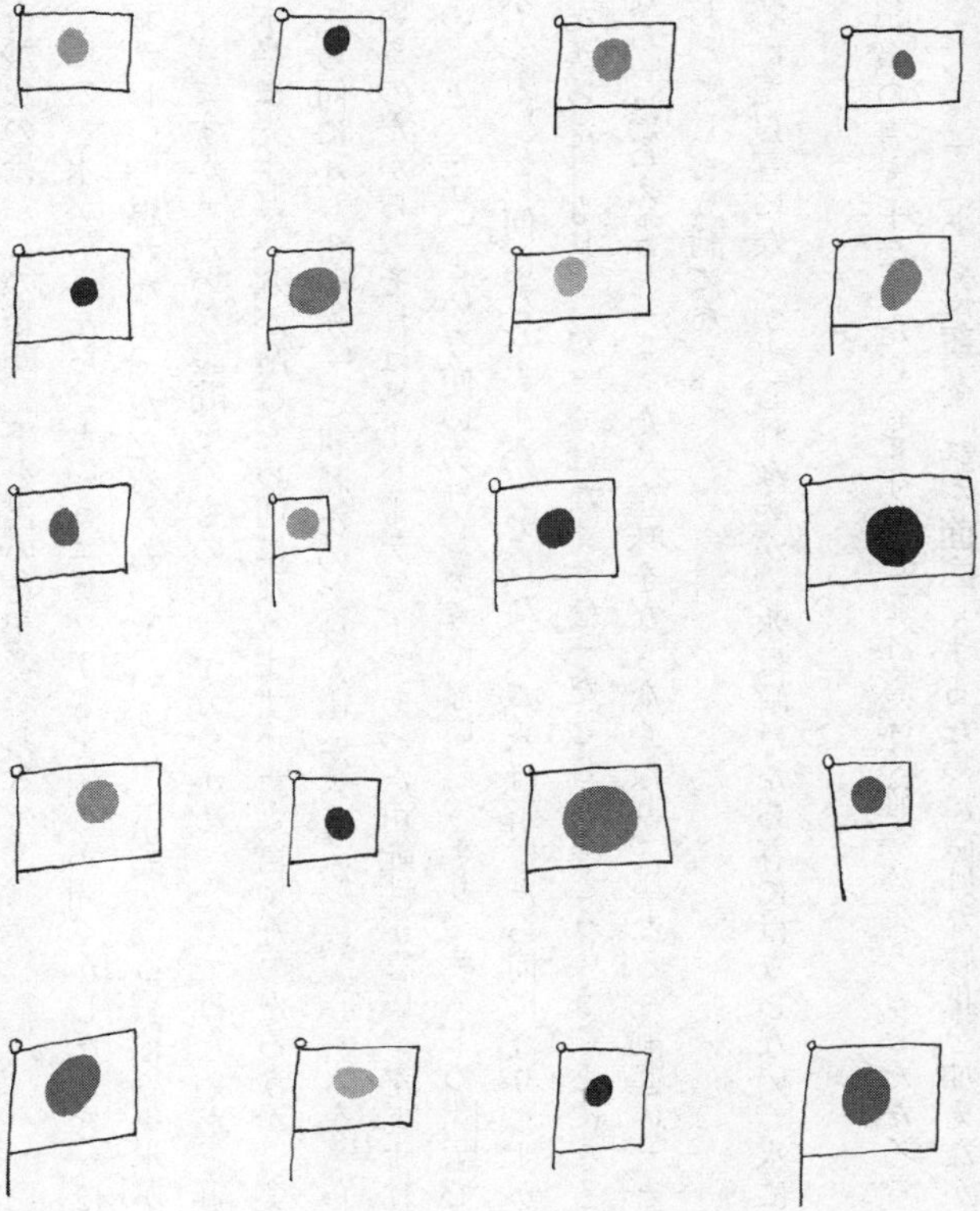

次に奇妙なのは、この新聞記事を書いた記者である。

まず、この「氷が解けたら」というエピソードを読むか聞くかしたとき、ほんの少しでもおかしいと思わなかっただろうか、ということがある。私なら、「氷が解けたら何になりますか」という設問そのものにマヤカシがあったのではないかと疑っただろう。本当に先生は「氷が解けたら何になりますか」と言ったのだろうか。実は「氷は解けたら何になりますか」と訊《たず》ねたのではないだろうか。いや、「×をもらいました」というのだから、それはペーパーテストであった可能性が高い。だとすれば、なおさらのこと、「が」という使い方はしそうにない。つまり、テストの問題であるなら、「氷が解けたら何になりますか」ではなく、「氷は解けたら何になりますか」となるはずだからだ。もし、「が」ではなく「は」だとしたらどういうことになるのか。「春になる」は答えとしてまったく意味をなさなくなり、単なる「勘違い」ということで終わってしまう話になる。

氷が解けたら春になるかもしれないが、氷は解けたら春にはならない。水になるのだ。

私が記事の書き手だったら、まずそこを注意深く確かめようとしただろう。その「女性タレント」である母親が、話を面白くするために微妙な修正を加えなかったかどうかと。

おそらく、それはいかにもホントらしいウソの話だったのだ。

当時、私にはまだ子供がいなかったが、その記事を読んでの正直な感想は、自分の子供だったら、たとえ先生が「は」ではなく「が」を使ったとしても、だから、「氷が解けたら何になりますか」と訊ねたとしても、素直に「水になりまーす」と答える平凡な子であってほしいなというものだった。

この話は、私にそんな感想を持たせただけで終わった、と思っていた。ところが、それから十年ほどして、週刊誌に驚くべき記事が出たのだ。タイトルは「ロボットより恐しい日本の子供たち」というもので、それを書いたのはヨーロッパに長く住んでいたという女性の評論家だった。彼女は、その結論部分に近いところで、「日本の子供たちくらい、不幸を背負わされた者は、他の文明社会にはいないのではあるまいか」という「長年日本に住んだことのあるドイツの知人」の言葉を紹介し、さらに次のように書いていた。

《日本のある小学校の試験で、「雪が融《と》けたら何になりますか」という問題が出た。皆は「水になる」と答えて合格。一人の生徒だけが「春」と答えてペケ……という話

は、大抵のヨーロッパ人の知っているエピソードである》

いつの間にか「小学校の試験」ということになり、「氷が解けたら」が「雪が融けたら」になってしまっているが、この話の元になっているものが、あの新聞記事であることは明らかだろう。

ここに書かれているように、本当に「大抵のヨーロッパ人が知っているエピソード」になってしまっているかどうかは疑わしい。しかし、ひとつの小さなウソが、いかにもホントらしいウソが、日本人の国民性を物語る重要な素材として世界のどこかで使われるようになってしまっているとすれば、あの記事の罪はとてつもなく大きく深いと言わなくてはならない。

恐ろしいのはそれだけではなかった。さらに、この「ロボットより恐しい日本の子供たち」という記事が載った半年後、同じ週刊誌に連載中の男性評論家のコラムに、次のような文章が現れた。

《マスを埋めて熟語を完成させなさい

□肉□食

という問題を出された高校生が、焼、と、定、の字を入れたそうだ。

テレビおふざけ番組のギャグみたいな話で、笑ったあと気持が冷えてくる。

そこへいくと、同じ先生の意表を突いた答えでも、

「雪が解けたら何になりますか」

と質問されて、

「春になる」

と答えた北国の小学生の話は、いいなあ。

百二十点あげる》

私は別に「焼肉定食」と答えた高校生に対しては「気持が冷えて」こない。なによりこの話はいったい誰が公にしたのかよくわからないというところがある。答案にそう書いた高校生自身なのか、採点した高校教師なのか。それがどういうルートで世の中に出るようになったのか。考えていくと、この話も誰かによって作られたもののような気がする。それこそ、「おふざけ番組のギャグ」を作るような人によって。それに、もし私が高校教師で、生徒の答案用紙に「弱肉強食」のかわりに「焼肉定食」と書いてあったら、大笑いしたあとで、よくできましたとつぶやきながら、しかし盛大に×をつけるだけのことだったろう。

むしろ、「気持が冷えて」くるのは、あの新聞記事が、このように伝えられていくうちに、微妙に変化しながら、いつしか事実のようになっていくということに対して

である。

新聞記事の中の「氷が解けたら」は、女性評論家のレポートでは「雪が融けたら」と変わってしまい、このコラムでは「雪が解けたら」になっている。さらに、新聞記事の中の「子ども」が、女性評論家のレポートでは「小学校の生徒」となり、このコラムではいつの間にか「北国の小学生」になってしまっている。

このようにして話というのは作られていくものなのだ。

ひとりの少女のちょっとした「勘違い」を、何か特別なものだと思いたがった母親が、意識的にか無意識にか「は」を「が」に変えてしまった。そして、それを、ひとりの記者が、おそらく何も取材しないまま書いてしまった。たったそれだけのことが、これだけ大きな話になってしまうのだ。私だったら、少なくとも、その少女の教師に会って確かめたことだろう。あなたは本当に「氷が解けたら何になりますか」と訊ねたのですか、と。

話には、ホントらしいウソの話と、ウソのようなホントの話がある。

なんといっても困るのはホントらしいウソの話だが、世の中にはその逆に、まるでウソのようなホントの話というものもある。

これは、あまり出来のよくなかった二代目ではなく、先代のジョージ・ブッシュが大統領だった頃の話だから、かなり前のことになる。

そのブッシュが日本を訪問し、当時の首相である宮沢喜一《みやざわきいち》らと会談し、対日貿易赤字の削減に協力するよう求めるなど、独自の経済外交を展開した。

このとき、ひとりの大物ヤクザが、来日するブッシュ宛《あ》てに「陳情書」を出したという。

当時、その業界の人々は、間近に施行される「暴力団新法」に戦々恐々としていた。俗に「暴対法」と呼ばれるその新法は、正式には「暴力団員による不当な行為の防止等に関する法律」という、恐ろしく長たらしい名前の法律で、とりわけ組織暴力団を狙《ねら》い撃ちにしたものだった。つまり、公安委員会は、犯罪の経歴のある構成員が一定以上を占め、ボスの統制のもとに階層的に構成された団体を「指定暴力団」に指定し、さまざまな制約を加えることができるということになったのだ。この「指定暴力団」には、山口組や稲川会をはじめとして、日本の大どころの暴力団のほとんどすべてが網羅されることになった。

この「暴力団新法」に対しては、それが単に暴力団だけを対象とするのではなく、政治的な党派にまで及ぶのではないかという懸念《けねん》があり、憲法で保障された「結社の自由」を侵すものではないかという議論がなされるようになった。

こうした状況を踏まえて、その大物ヤクザは、なんとブッシュに「人権擁護の立場から正義に満ちた力添えをいただきたい」と援助を求めたのだ。宮沢首相らとの会談の中で、「暴力団新法」を葬《ほうむ》り去るよう圧力をかけてくれというのだ。

なぜ、アメリカの大統領が日本のヤクザのために「力添え」しなくてはならない義理があるのか。

その大物ヤクザの論理は次のようなものだった。
①あなたは、アメリカ製品の日本における販売拡大を目指している。
②日本におけるアメリカ車を含めた外車の購入者の、実に七割はヤクザである。
③ヤクザが外車を好むのは、鉄板が厚くて鉄砲の銃弾が貫通しにくいからである。
④もしヤクザがアメリカ車を買わなくなったら、販売数は激減するはずだ。
⑤ヤクザが不買運動をしたら、今回のあなたの来日による経済外交も無益なものに終わるだろう。
なるほど、あの業界の人たちが外車を好むのも、たんに図体が大きくて威圧的だというだけでなく、鉄板の厚さということがあったのか。なるほど、なるほど……。

これを伝え聞いた東京新聞の記者は、アメリカ大使館に問い合わせてみたらしい。

すると、こんな答えが返ってきたという。

「そのような陳情書を見たことはない。仮に見たことがあっても何も話すことはできない」

ヤクザが「アメ車」の不買運動をちらつかせながらアメリカ大統領に「陳情」する。これは四月一日付けの記事ではなかったが、あまりにもウソっぽくて、あとでエイプリル・フール用の「ジョーク」だったと言われても、誰も不思議に思ったりしなかったことだろう。しかし、これは、ウソのようなホントの話、だったのだ。

実は、この「大物ヤクザ」というのは、Nという関西方面ではよく知られた任侠《にんきょう》系ヤクザで、一説によれば、『仁義なき戦い』で有名になった「広島抗争」の終結に向けて奔走した人物だとも言われている。

その彼に『暴力団対策法を斬《き》る』という著作があり、本当にアメリカ大使館に向けて送られた「アメリカ合衆国大統領へ！」という「陳情書」が収録されている。読むと、記事で紹介された内容よりいくぶん格調は高いが、論旨はほとんど変わりない。

《日本政府は国産車の育成保護を旗印にして、官公庁、都道府県などに至るまで外車の購買、使用を拒んできました。それは何故《なぜ》でしょう。それは過保護のせいでもあり、自動車業界と日本政府の癒着のせいでもあるということは、自明の理であります。日本国に輸入された外車の七十%近くはいま、日本国内で問題となっており、マスコミによって「暴力団」と名付けられた人たちが購入しているのです》

面白いのは、N氏が「陳情書」を送ったのはアメリカ大使館だけではなく、ドイツ大使館にも似たような文書を送りつけているということだ。自分たちが愛好する外車としてやはりベンツははずせなかったのだろう。

ところで。

いまでも、あの業界の人たちは外車の七割を購入しているのだろうか。それとも、この不景気の中、彼らも国産車に乗り換えているのだろうか。

ブーメランのように

朝、私は会社勤めの人と同じように、午前七時前には起きて朝食をとり、八時前には家を出て仕事場に向かう。だが、多くの会社勤めの人とは違い、三、四十分ほど歩けば目的地に着く。つまり、仕事場までいっさい乗り物を使わなくてもすむのだ。だから、朝の通勤ラッシュに遭遇することもなく、満員電車でモミクチャにされるということもない。しかし、それでも、数カ月に一度くらいは何かの用事でそうした電車に乗らなければならないこともある。

そのとき、愕然《がくぜん》とする。

電車が停まったり、走り出したり、カーブに差しかかったりするたびに、乗客が大きく左右に振られる。驚くのはそんなときだ。私はなんとか踏ん張ろうとして吊《つ》り革や手すりにしがみつくが、多くの乗客は電車の慣性に身を任せ、ゆらりゆらりと平気で揺れている。みんなの動きに合わせて、右に傾けば右に傾いたまま、うしろに傾けばうしろの人に寄りかかったままでいる。その方がエネルギーの消費が少ないのだろうということはわかる。しかし、私にはどうしてもそれができない。そのため必死に踏みとどまろうとする。ゆらりゆらりと揺れる乗客の重さをほとんどひとりで支えなくてはならなくなるため、目的の駅に着いたときにはクタクタになってしまっている。そんな話を通勤に電車を利用している友人にすると、うんざりしたようにこう言われてしまった。

「まったく、おまえみたいな奴《やつ》がいるんで困っちゃうんだ。妙に踏ん張られると、周りの人も無駄な力を使わなければならなくなってしまう」

なるほど、そういうものなのかもしれない。

私は協調性がないのだろうか。あるいは、柔軟性がないと言うべきなのだろうか。だが、いずれにしても、そこには、私の生き方の根本と多少なりとも関係しているものが存在しているような気がしないでもない。

いわゆる「リーマンショック」に端を発した金融危機以後、九パーセント以上という高い失業率が続いているアメリカで、新しい世代が生まれているという。

アメリカにおける「世代」ということになれば、古くはロスト・ジェネレーションやビート・ジェネレーション、最近ではジェネレーションXやYなどといったものが有名だが、新たに生まれたのは「ブーメラン・ジェネレーション」という名の若者たちらしい。

ブーメランはいったん宙に投げられても大きな弧を描いて元の地点に戻ってくる。これと同じように、ブーメラン・ジェネレーションとは、いったん家を出たあとでふたたび出発点である家に戻ってくる若者たちを意味するのだという。

アメリカでは、大学に進むと大半の若者が家を出ていく。そして、大学を卒業すると、どこかに就職口を見つけ、そのまま家には戻ってこないというのが普通だった。ところが、金融危機以後、大学を卒業しても就職先を見つけられない子供たちが、生活に困って家に戻ってきてしまうようになった。まさに、ブーメランのように。日本では大学生の就職に際しては新卒であることの方が貴ばれるが、不況下のアメリカでは即戦力となる経験者が求められるため新卒の大学生は忌避されるらしいのだ。

家に戻って就職活動をしてもなかなか仕事は見つからない。そこで、親の収入に頼る生活が続くことになる。日本風に言えば「Uターンしてきた子供たちがパラサイト・シングル化している」という表現になる状態が激増しているらしいのだ。

このブーメラン・ジェネレーションの親の世代にあたるのが、アメリカでベビー・ブーマーと呼ばれる人たちである。第二次大戦直後の数年間に大量に生まれた彼らは、子供を育て上げ、ちょうどリタイアの時期を迎えている。年金などによる夫婦二人の生活を考えていたところに、突如、子供たちが家に舞い戻って寄生しはじめた。ブーメラン・ジェネレーションの出現は、ベビー・ブーマーの生活設計を根底から脅《おびや》かすものになっているという。

ブーメラン・ジェネレーションという名には、単に「元のところに戻ってくる」という意味がこめられているだけではない。ブーメランを英語で書けば「Boomerang」である。そこから「ang」を取り去れば「Boomer」、つまりブーマーということになる。ブーメラン・ジェネレーションという名には、単に親の元に戻ってくる子供たちというだけでなく、ベビー・ブーマーの親の元に戻ってくる子供たちという意味もこめられているのだ。

このアメリカの話は、日本のベビー・ブーマーにとっても他人事ではない切実さがある。

と、こう書くと、「日本のベビー・ブーマー」という言い方に違和感を抱く人もいるかもしれない。そんな持って回った言い方をしなくても「団塊の世代」と言えばいいものをと。

だが、私はあえて「団塊の世代」ではなく「日本のベビー・ブーマー」と書いているのだ。

それはなぜか。

アメリカにおいては、第二次大戦直後の数年間に多く生まれた子供たちをベビー・ブーマーと呼ぶ。日本でも、「団塊の世代」という言葉が生まれる前は、それを借りて「ベビー・ブーム世代」と呼んでいた。

だが、単純に考えれば、ベビー・ブームとは、それまで子供を生みにくい状況にあった社会が生みやすいように変化したため、一気に出産ラッシュが起きたということを意味するにすぎない。だから、第二次大戦直後でなくても、同じような状況が訪れれば、また新たにベビー・ブーマーは誕生することになる。

たとえば、日本の「ベビー・ブーム世代」が成長し、結婚し、子供を持つ時期が訪れたとき、新たな出産ラッシュが起きて、出生率が大幅にアップした。このとき生まれた子供たちも、一種のベビー・ブーマーだった。

あるいは、韓国にもベビー・ブーマーが存在するが、それは第二次大戦直後に生まれた子供たちではない。韓国のベビー・ブームは朝鮮戦争が終わったあとに起きており、ベビー・ブーマーは朝鮮戦争が終結した直後の一九五五年から、産児制限政策が導入される一九六三年までに生まれた世代を指す。

つまり、ベビー・ブーマーという呼び方には、何らかの事情により急激に出生率が高まったときに生まれた子供たちという以上の意味はないのだ。

当然、日本の「ベビー・ブーム世代」という呼称にも、人数が多いという以上の意味はなかった。

ところが、堺屋太一《さかいやたいち》が『団塊の世代』という小説において「ベビー・ブーム世代」を「団塊の世代」と名づけたことで、その呼称が凄《すさ》まじい勢いで一般化するようになった。

その『団塊の世代』は、一九七六年に刊行された一種の近未来小説で、それぞれ独立した四つの短編から成っており、企業や官庁で余剰人員となっていくベビー・ブーマーの灰色の未来が描かれている。

冒頭には、「団塊の世代」を定義する、次のようなエピグラフが掲げられている。

《一九六〇年代の「若者の反乱」は、戦後直後に生れた人口の膨みが通り過ぎる嵐《あらし》であった。かつてハイティーンと呼ばれ、ヤングといわれた、この「団塊の世代」は、過去においてそうであったように、将来においても数数の流行と需要を作り、過当競争と過剰施設とを残しつつ、年老いて行くことであろう》

述べられていることに間違いはない。しかし、「団塊の世代」とはなんと気持の悪い言葉だろう。

団塊！　ダンカイ！

文字として見ても美しくないし、音として聞いても心地がよくない。少なくとも私は、そんな醜い言葉でくくられる世代に属したくはない。

だから、ベビー・ブームの最盛期に生まれたことになっている私も、「団塊の世代」としての発言はいっさいしてこなかった。「団塊の世代として」という前提がつくかぎりは発言を求められても断り、エッセイを依頼されても引き受けてこなかった。たとえ、それによってどんな不義理をすることになっても「ノー」と言いつづけてきた。それこそ、満員電車の揺れに吊り革や手すりにしがみついて踏ん張るようにして。

もしかしたら、私が「団塊の世代」に属すことを認めたくないのは、単に「団塊」という言葉の問題ではなく、「世代」でひとくくりされることを好まないからなのかもしれない。私は、何かの集団に属するのが基本的に嫌いなのだ。徒党を組まず、親分も子分も持たず、できるだけ一匹狼《いっぴきおおかみ》でやっていきたい。一匹狼というのが粋《いき》がりすぎなら、フリーランスと言い直してもいい。

あるとき、小さな集まりで話をしてくれるよう頼まれた。会のあとで、少ない謝礼の足しにしてほしいと世話人から小さな袋に入ったカードをプレゼントされた。しかし、テレフォンカードのようなものだろうと思った私は、ろくに中身を確かめもせず、そのまま机の引き出しに入れっぱなしにしていた。それが「パスネット」というもので、関東圏の私鉄なら自由に使えるプリペイドカードだということはだいぶたってから知った。

このカードの機能を理解したときは感動した。

会社勤めをしたことがないので、通勤定期というものを持ったことがない。定期を持たない人生を選んだとも言えるし、定期を持てない人生を余儀なくされたとも言える。いずれにしても、鉄道を利用するときは駅でいちいち切符を買わなくてはならなかったのが、少なくとも私鉄ならそのカード一枚でどこまでも行けるようになったのだ。

やがて、それが「パスモ」や「スイカ」に進化し、私鉄とJR間も自由に乗り継げることになった。フリーランスの私のような者にとって、それは実に感激的なことだった。

大学を卒業して、会社に入るかどうか迷った末、入社式の日に退社をしてしまった。

つまり、私は、「企業に属さない人生」を選んだのだ。以来、企業ばかりでなく、あらゆる集団に属さないというのは生き方の基本になっていた。

ときおり、大学の教師の口を勧められることもないではないが、フリーランスのままどこまでやっていけるか試してみたいので、などと言って婉曲《えんきょく》に断らせてもらっている。

以前にも書いたことがあるように、一種の「お遊び」として、落語家の桂南光《かつらなんこう》が「大教祖」をつとめる「宇宙意思の会」の「名誉書記長」にはなっているが、それだけである。

ところが、数年前、たったひとつだけ例外ができた。

私には、対談の席を別にして、個人的に酒席を共にするというような先輩の作家がそう何人もいるわけではない。吉村昭《よしむらあきら》はその少い例外のひとりだった。

吉村さんと親しく接するようになったのがどんなきっかけだったかは覚えていない。もしかしたら、吉村さんの作品評を書くというようなことから接触が始まったのかもしれない。きっかけはともかく、気がつくと、何度か酒席を共にするようになり、出版社が主催する講演会のお供で一緒に地方へ出掛けたりするようにもなった。

RESTAURANT
COMFORT ROOM
DRINKING FOUNTAIN
Alitalia
SINGAPORE

酒席での吉村さんは、軽く酔い、少し舌が滑らかになるが、酔い過ぎたり、ひとりでしゃべりすぎたりすることのない、実に程のよい酒呑《さけの》みだった。しかも、いつまでも呑んでいたり、同行者に梯子《はしご》酒《ざけ》を強いたりすることもなく、適当な時間を見計らって切り上げる。その意味では「出処進退」の鮮やかな酒呑みでもあった。

酒を呑みながら、ひとりで知らない酒場に入ると、自分のことを誰も小説家だとは思わず、刑事や税務署員に間違えられてしまうなどという話を真面目《まじめ》な顔のままでしてくれる。それが逆におかしくて、つい笑ってしまうのだが、何度かうかがったことがあるから、吉村さんにとってはお気に入りの話だったのかもしれない。

その吉村さんが日本文芸家協会の副理事長をしているときだったと思う。協会の事務局から入会を勧める封書が届いた。文芸家協会への入会には会員の推薦人が二人必要らしいのだが、そこには、推薦人の欄に吉村さんのサインのある入会届けが入っていた。

そして、それとは別に、吉村さんから、無理をすることはないが、純然たる職能組合なので迷惑をかけることはないと思う、もしよかったら入っていただけないか、という懇切な手紙が届いた。何事にも職務に忠実であろうとする吉村さんが、文芸家協会のためにひとりでも会員を増やそうと思われたのかもしれない。

しかし、吉村さんの好意はありがたかったが、私は入るつもりはなかった。たとえ政治団体でも宗教団体でもない単なる職能団体であっても「属す」ということをしたくなかったのだ。そこで私は、あらゆる集団に入らないという自分の考えを伝えようと何度か手紙を書きかけたが、どうしてもうまく説明ができそうになく、次にお会いしたとき口頭で述べさせてもらうことにした。

しかし、どういうわけかなかなかお会いする機会のないまま何年かたってしまい、ある日突然、「自宅でがん闘病……点滴外す　故吉村昭さん、自ら死選ぶ」という新聞記事を眼にすることになった。吉村さんの訃報《ふほう》はそれより前に出ていたらしいのだが、旅行先の外国から帰ったばかりだった私にとっては不意打ちをくらったような衝撃だった。

記事にあった吉村さんの「死に方」は、酒席での「出処進退」のように鮮やかなものだった。だが、吉村さんが亡《な》くなったことを知った瞬間、しまったと思った。遅れてしまったか。そして、さらにこう思った。これは文芸家協会に入らなくてはならないな、と。

思っただけでなく、実際に入会の手続きを取ることになったのだが、友人にその経緯を話していて、妙な顔をされてしまった。どうして、吉村さんの死と文芸家協会への入会が結びつくのかよくわからないと言うのだ。私にとってはまったく当然のことのように思えていたが、他人からするとわかりにくい決断であるらしい。そのときは、そういうものなのかなというくらいのことで終わったが、あるとき、久しぶりに時代小説を読んでいて、「そうだったのか」と驚きをもって理解できたことがあった。

そのとき私が読んでいたのは、五味《ごみ》康祐《やすすけ》の『薄桜記《はくおうき》』という作品だった。『薄桜記』は少年時代の私が最も好んだ時代小説のひとつだった。

主人公は剣の達人で丹下《たんげ》典膳《てんぜん》という。この命名の仕方には、五味康祐のどこか人を食った性格が現れているような気がする。やがて丹下典膳は片手を切り落とされ、隻《せき》腕《わん》になる運命に見舞われることになっている。姓が丹下で隻腕の剣の達人ということになれば、誰でも林不忘《はやしふぼう》の『丹下左膳《さぜん》』を思い浮かべないわけにはいかない。また、典膳という名から想起されるのは、大佛次郎《おさらぎじろう》が書いた『鞍馬天狗《くらまてんぐ》』である。鞍馬天狗の本名は倉田《くらた》典膳というのだ。にもかかわらず、平然と、あるいは投げやりに、丹下典膳などという名前にしてしまった。

だが、その丹下典膳は少年の私にとって実に魅力的な人物であるように思えた。なにより、私は丹下典膳の思考のスタイル、つまりダンディズムに心を奪われたのだ。

その独特のダンディズムは二つのシーンに集約的に現れていた。

ひとつは妻の不義をめぐる対応である。

旗本の丹下典膳は、「大坂城番」として、江戸から上方へ一種の単身赴任をする。その間に、江戸に住む新婚の美しい妻に不義の噂《うわさ》が立つ。幼なじみの若侍が実家からの土産物などをたずさえて頻繁に訪れることによって、密通の噂が人々の口の端《は》に上るようになってしまうのだ。

二年に及ぶ「大坂城番」の勤務が終わり、丹下典膳は上方から江戸に戻ってくることになる。不義の噂が耳に入っていないはずはないのに、丹下典膳は屋敷の奉公人が驚くほど妻にやさしく接する。そして、江戸に戻ってきたことを祝う屋敷における宴席で、廊下に不意に現れた白狐《しろぎつね》を一刀のもとに斬《き》り捨て、こう言う。

《「姦夫《かんぷ》と見えたは実は狐」》

これによって妻の疑惑は晴れ、丹下典膳の家臣も、妻の実家の父や兄も安心する。

ところが、それから時がたち、不義の噂も消えた頃、そっと離縁を申し渡すのだ。

そして、妻も静かにそれを受け入れ実家に戻っていく。収まらないのは実家の父と兄である。自分から不義の噂を消してくれたのに、そしてそれを自分たちも深く感謝していたのに、いまになって離縁とはどういうわけなのだと。理由について、妻は口を閉ざし、丹下典膳も黙して語らない。激高した妻の兄が刀を抜いて斬りつける。丹下典膳の腕前なら、逆に斬り捨てることはもちろん、刃をよけることくらいは簡単だったはずなのに、まったく動かず、左腕を切断されるがままにする。

片腕がなくなった丹下典膳は家を断絶され、老僕と二人で浪々の生活をすることになるのだ。

この老僕は、丹下典膳を幼い頃から見守っているというだけでなく、江戸帰府を祝う宴席の前に、典膳から山里で白狐を買い求めてくるように頼まれ、障子に映るように逃がした者でもあった。だから、どうして本当のことを言わないのだと悔しくてならない。だが、それが丹下典膳のダンディズムであったのだ。

もうひとつのダンディズムは、堀部安兵衛《ほりべやすべえ》との関係の中で生まれる。この『薄桜記』は「忠臣蔵外伝」という要素も持っていて、もうひとりの重要な登場人物に堀部安兵衛がいる。あるとき二人は遭遇して、互いが互いの力量と人柄を見抜き、敬意を抱き合う。そして時は経《た》ち、丹下典膳は、主君を失った浅野《あさの》家の遺臣たちが仇討《あだう》ちをする気配を強く感じはじめ、その中にあの堀部安兵衛がいることを知って心の中では本懐を遂げることを祈るようになる。

ところが、狙《ねら》われている側の吉良《きら》家にはまったくそのようなことを心配する家臣がいない。そうした状態に、吉良家と強いつながりを持つ上杉家の家老であり、死の床についている千坂兵部《ちさかひょうぶ》が危機感を抱く。そして、離縁した妻の兄に腕を斬られたときからなにくれとなく面倒を見ていた丹下典膳に、吉良の屋敷に入っていただけないかと頼む手紙を持たせた使者を送る。しかし、堀部安兵衛のためにもその頼みを受けるつもりはない丹下典膳は、直接会って断るべく上杉の屋敷に出向く。だが、丹下典膳がどれほどの人物か、千坂兵部がどれほど待ち焦《こ》がれた人物かを知らない家来たちは、別の部屋に待たせたまま会わせようとしない。

そして、ついに会わせてもらえないまま、千坂兵部の死を聞かされることになる。その瞬間、丹下典膳は《血を吐くような声》でこうつぶやいたと五味康祐は書くのだ。

《「おそすぎた！……対面の上なれば兎《と》も角《かく》、今となって、断るために推参したとは、死人に、言えぬ……」》

こうして丹下典膳は、千坂兵部という「おのれを知ってくれていた」人のために、吉良方の助っ人《すけと》になることを受け入れるのだ。ほとんど死を覚悟しつつ。

久しぶりにこの『薄桜記』を読んで、私は驚いた。吉村昭さんの死を知って私が文芸家協会に入ることにした心理的な動きは、ほとんどこの『薄桜記』の主人公が吉良方につくと決めた心の動かし方と同じではないか。

――吉村さんという敬意を抱いて付き合いをさせていただいていた方が、手紙まで書いて勧めてくださったのに、お会いして断ろうと思ったことを実行もせず、そのまま時間だけが過ぎてしまった。これは入会しなくてはならない……。

だが、驚いたあとで「参ったなあ」と思った。私はヒロイックな気分が嫌いではないが、自分の行動がこれほどまで少年時代に読んだ物語に影響されているとは思ってもいなかった。自分の気づかないうちに少年時代に深く根付いたヒロイズムが、思いがけないときに現れて行動を左右していたのだ。

忍法帖《にんぽうちょう》で有名な山田《やまだ》風太郎《ふうたろう》には、小説以外にも、エッセイや日記や座談など、多くの著作がある。その中で繰り返し語られているのが、自分のことを「列外《れつがい》」にある者だと思っていたということである。幼くして父を失い、やがて母を失い、叔父夫婦のもとで養育を受けることになる。その体験が、山田風太郎をして強烈な「列外」意識を持たせることになる。

そして、その「列外」意識は、たとえば関川夏央《せきかわなつお》の『戦中派天才老人・山田風太郎』の中では、「ぼくは子供の頃から列外だった。青年になっても列外。いまも列外」というようにストレートに語られることになる。

私が通った小学校は、東京の公立の学校だったが、一年から六年までまったくクラス替えがなかった。そのため、クラスメートとはひょっとしたら兄弟より長い時間を共に過ごしていたかもしれないというくらい親密になった。

その中のひとりの記憶によれば、私に関してよく覚えているのは、授業が終わると「三時半に本門寺《ほんもんじ》の小公園！」などと男子生徒に集合をかけている姿だという。当時の多くの子供と同じく、野球が大好きだった私は、放課後になると毎日のようにクラスの男子生徒とあちこちの公園や原っぱで試合をしていたのだ。

だから、どちらかと言えば、私は「ガキ大将」という部類に入るタイプだったかもしれない。

しかし、私もどこかで「列外」にいるという意識を持っていた。その「列外」は山田風太郎の「列外」とは少し違い、本当の「列の外」だった。

小学校を通してクラスで一番背が高かった私は、校庭で行われる全校の朝礼などのときは列の一番後ろに並ぶことになる。それは、一定の間隔で並ばなくてはならないクラスメートと違って並び方に余裕があるということでもあった。何しろ、後ろには誰もいないのだ。少しくらい下がっても誰にも文句は言われない。そこで私は、半歩か一歩、常に列から離れて並ぶようになった。離れてみると、みんなとは違ってなんとなく自分だけ自由になったように思え、退屈な校長の話も苦にならなくなった。もしかしたら、私がフリーランスの道を歩むようになった遠い原因のひとつは、幼い頃に列から離れる自由さを味わってしまったところにあったのかもしれない、などと思ったりもする。

さて。

属さないということを旨《むね》として生きてきた私がひとたび文芸家協会に入会すると、今度は頑《かたく》なに属していないと言いつづけてきた「団塊の世代」に関するとんでもないことが起きてしまった。

私には何年も抱えたままなかなか決着をつけられなかった仕事がいくつもある。二、三年などというのはまだいい方で、五年どころか十年、二十年などというものまである。

そんな私が、やはり十数年抱え込んでしまった仕事があった。

二十代の頃から付き合いのある友人の編集者が会社を辞め、自ら出版社を立ち上げた。いつか本を出してくれと頼まれていたが、なかなかそれに応じられないでいた。そんな彼に、十数年前、「もしよかったらこれを訳してくれないか」と英語で書かれたノンフィクションを手渡された。

それはイギリスの高名なライターであるトニー・パーカーの『殺人者たちの午後』という本だった。ざっと眼を通してみると、「十二人の殺人者へのインタヴュー」という副題にあるとおり、殺人を犯した十二人の男女にインタヴューを重ね、十二の短編ノンフィクションにまとめたものだということがわかった。当時、私は「インタヴューの方法」について考えつづけていたということもあり、その勉強のためにと翻訳することを引き受けた。
一、二年で粗い訳はできたが、しだいに私の関心が「インタヴューの方法」ということから離れていったこともあって、ついそのままになってしまった。友人に督促されるたびに、もう少ししたらきちんとした訳にして渡すから待ってほしいと言いつづけていたが、いつの間にかその「もう少し」が十数年にもなってしまっていた。
さすがにしびれを切らした友人が、それならうちの会社で出す新雑誌で連載することにしたらどうかという提案をしてきた。私もついに年貢《ねんぐ》の納め時と観念して、雑誌のタイトルも確かめないで引き受けてしまった。そして、そろそろ連載を始めようかというときになり、その雑誌のタイトルを聞いて「ぶっ飛ぶ」ことになった。なんと「団塊パンチ」というのだ。私は、「団塊」と「パンチ」という「参った！」の二乗のようなタイトルの雑誌で仕事をしなければならなくなってしまったのだ。それは、あたかも、これまで「団塊の世代」という言葉を忌《い》み嫌っていた私への、「団塊の世代」からのしっぺ返しのような出来事だった。

正式な誌名は「dankaiパンチ」というのだったが、「団塊の世代」を読者対象とする雑誌であることにはかわりなかった。そして私は、その雑誌が「休刊」するまで、延々と『殺人者たちの午後』を訳さなくてはならなかったのだ。

この分だと、これからも、「団塊の世代」だけでなく、私が敬遠している「集団」というものからの思いもよらない「襲撃」を受けることがあるのかもしれない。

そういえば、古来、日本には「因果応報」という言葉がある。ひとつの行いはやがてその結果がぐるっと一回りして自分の身にふりかかってくるということなのだろう。ブーメランのように。

ゆびきりげんまん

先日、小さな引っ越しをしなくてはならず、本の整理をしていたら、旅に関係した書物の山の中から『第三の眼』という本が出てきた。すっかり忘れていたが、そういえば、チベット関係の資料を集めていて、かなり前に古本屋で買っておいたものだということを思い出した。買ったとき、パラパラと眼を通したはずだが、それがどういう書物であるのかをきちんと把握していなかった。

バリ島で眉間《みけん》に穴が開く夢を見て、友人に「第三の眼」、アージュニャー・チャクラが開いたのではないかと言われたことは以前に書いた。しばらくして、それがとんでもない勘違いだということがわかったが、これも何かの縁だろうと、本の整理をそっちのけにして、突然現れたその『第三の眼』を読みはじめてしまった。

著者はロブサン・ランパという人物で、副題に「秘境チベットに生まれて」とある。内容は、チベットの良家に生まれた幼年時代の思い出から、ラマ教の僧院に入った少年時代の生活の描写へと移っていく。すべてについてもっともらしく描かれているのだが、なんとなくリアリティーが薄い。奇妙に思いながら読んでいくうちに、「第三の眼の開眼」という章が現れた。

それによると、「第三の眼」は、修行によって開くのではなく、手術で額に穴を空けることによって開くのだという。著者であるロブサン・ランパの書くところによれば、八歳の誕生日の夜、三人のラマ僧の手によって、「キラキラ光る鋼鉄でつくった器具」を額の中央へ押し当てられ、そこにできた穴から「堅くてピカピカした銀色のもの」を奥に奥にと差し込まれた、という。

まったく、「第三の眼」なるものが、ドリルで穴を空ける手術によって開くものだとは思ってもみなかった。いったい、それはほんとなんですかい、と半畳を入れたくなるような記述だった。

そこで、読み終わってから調べてみると、このイギリス発の世界的なベストセラー『第三の眼』は、けっこう底の浅い偽書だったということがわかった。

実は、ロブサン・ランパは、本名をヘンリー・ホプキンスというイギリス人で、チベットに行ったこともなければ、イギリスを出たことすらないというとんでもない人物だった。

そういう眼であらためて見直してみると、まず本の裏表紙に載っている著者紹介からしてひどくうさん臭い。

《チベット貴族の中でも十指に数えられる名門の子として生まれた。父は政府首脳。七歳のとき、その非凡な才能が評判になり、占星師の予言でラマ僧院に入れられた。まもなく、世界七不思議の第一「チベットの千里眼」として知られる「第三の眼」を額の中央に開けた。そして、空中旅行など、かずかずの秘術を身につけた。二十歳になるまえ、ふたたび予言にしたがって中国へ留学、重慶《じゅうけい》大学医学部を卒業、中国空軍軍医を志願した。日中戦争で日本軍の捕虜になり、広島近郊の捕虜収容所に入れられたが、原爆投下のどさくさまぎれに収容所を脱走、朝鮮、モスクワをへて、動乱のヨーロッパからアメリカに渡り、最後に英国に亡命した。今はロンドンに住んでいるが、彼の千里眼をはじめとする異常な能力は、英国の科学者の間でも〝解けぬ謎《なぞ》〟となっている》

チベット貴族？　占星師？　中国へ留学？　重慶大学医学部？　中国空軍軍医？　広島近郊の捕虜収容所？　脱走？　朝鮮、モスクワをへて？

千里眼や空中旅行などというものを除いても、あらゆることがうさん臭いという驚くべき著者紹介だが、それよりさらにうさん臭いのは、そこに載っている著者のラマ僧風の写真である。

なんだか得体の知れない法衣のようなものを着て、頭を坊主《ぼうず》にしているが、その顔がおよそモンゴロイドとは似ても似つかないアングロサクソン系のものなのだ。しかも、チベットのラマ僧なら決して伸ばしていないはずの髭《ひげ》まで蓄えている。ヨーロッパやアメリカでは騙《だま》せても、アジアでは簡単に嘘《うそ》が見破られただろうと思うのだが、この間の抜けた偽書に日本人も簡単に騙されたらしい。日本版の初版が出たのが一九五七年八月十五日、私の持っている十四版が出たのが十月一日である。つまり一カ月半で十四も版を重ねるほどの売れ行きだったのだ。

書物の偽物《にせもの》や絵画の贋作《がんさく》はいつの世にも現れる。絵画でも有名な贋作騒ぎはレンブラントにもあればフェルメールにもある。

もちろん日本にも絵画の贋作はあるが、とりわけ多いのが焼き物の贋作騒動だろう。昭和の作陶家、加藤唐九郎《かとうとうくろう》が関与した「永仁《えいにん》の壺《つぼ》事件」や、江戸時代の尾形乾山《おがたけんざん》が佐野市に滞在した時期に作られたという作品をめぐる「佐野乾山事件」をはじめとして枚挙に暇《いとま》がない。

私の周囲には、テレビ番組の「開運！なんでも鑑定団」が好きだという人がかなりいる。実際、その番組を見ていると、内外の絵画や彫刻、書や焼き物の歴史を手短に教えてもらえるだけでなく、世の中にはいかに偽物、贋作が多いか、そしてその偽物、贋作にいかに多くの人が簡単にだまされるかということがわかって面白い。

その「開運！なんでも鑑定団」に、ついこのあいだ、横光利一《よこみつりいち》が書いた短編小説の生原稿というのが出てきた。学生時代に書いた応募原稿の下書きらしく、ペンネームもまだ横光白歩となっている。だが、「骨董師《こっとうし》」というタイトルのその原稿は、懸賞の佳作に選ばれたものの活字化されないまま失われてしまった。それはのちにタイトルを変え、内容も大幅に変えて横光利一の名で発表されることになるが、鑑定に出された下書きは、その原型の原稿ということになる。私のような素人《しろうと》が見ても、横光利一の研究家にとってだけでなく、文学史的な意味合いにおいても価値あるものだと思われる。果たして、どのくらいの値がつくのかと見ていると、なんと二百五十万円という高値がつけられた。

それを見ていて思い出したことがある。

かつて私は檀一雄《だんかずお》の未亡人のヨソ子さんに一年に及ぶインタヴューを試みたことがある。

その何回目かのとき、ヨソ子さんからこんな話を聞いた。

先日、檀一雄の短編小説の生原稿が出たが、もし御遺族でお買いくださるつもりがあるなら市場に出す前にお見せしたいのだがどうだろう、という古書店からの連絡を受けた。

太宰治《だざいおさむ》も坂口安吾《さかぐちあんご》も檀一雄も、無頼派と呼ばれる作家は一般に人気が高いらしく、その生原稿の値段も高い。原稿用紙一枚が数万円。短編小説が一編で百万単位ということも珍しくない。しかし、檀家には檀一雄の生原稿がほとんど残っておらず、ヨソ子さんは少々高くても買っておこうかなと思った。

そこで古書店の店主に原稿を持ってきてもらうことにした。ところが、結局、ヨソ子さんはその生原稿を買わなかった。

「値段が高すぎたんですか」

私が訊《たず》ねると、ヨソ子さんは首を振ってから、おかしそうに笑って言った。

「だって、それはわたしが書いたものだったんですもの」

忙しかっただけではなく、右手に痛みを抱えていた檀一雄は、よくヨソ子さんに口述筆記をさせていた。そのうちどういうわけか筆跡もよく似るようになったが、ヨソ子さんには古書店主の持ってきた原稿が自分の書いたものだということが一目でわかったのだという。

「そう言って断ったんですか？」

「いえ、黙ってお返ししました」

とすると、もしかしたら、どこかの文学館かコレクターの手に「檀一雄の生原稿」として渡っているかもしれない。

私はヨソ子さんからその話を聞いて、こんなことを思った。その古書店主も、わからないまま市場に出したのなら単なる間違いで済むかもしれないが、わかっていて出したら嘘をついたということになり、詐欺罪《さぎざい》を構成することになる。ヨソ子さんが黙って購入を見送ったのは、その古書店主にとってはよかっただろうが、世の中のためには果たしてどうだったのだろう、と。そして、こうも思った。もし、それが「開運！なんでも鑑定団」に出されたら、鑑定士にはわかっていただろうか……。

子供の頃、親や教師、身のまわりの大人たちからよく言われたことのひとつに、嘘をつくなということがあった。さすがに私も、嘘をついたら閻魔《えんま》様に舌を抜かれるぞ、というようなクラシックな言い方で脅かされたことはないが、正直こそ美徳とたたき込まれてきたような気がする。

大人たちから、だけではない。子供たちのあいだでも、約束を破ること、つまり嘘をつくことは大きな罪と認識されていた。

ヤクソクゲンマン
ウソツイタラ
ハリセンボンノーマス
ユビキッタ

幼児期に、こんなことを言いながら指切りをした経験のない人は少ないだろう。「ヤクソクゲンマン」のゲンマンは「拳万」と書く。幼児語の当て字で、それ自体で指切りを言い表すらしい。しかし、なんとなく、そのあとの「針千本飲ます」という言葉と共鳴し合うと、嘘をついたら拳固《げんこ》で一万回殴られてもいいという誓約のようにも思えてくる。拳固で一万回、針を千本。たったいちど嘘をついただけでこんなことをさせられてはたまらない。だから、決して嘘はつかない、というほど人間は単純ではないが、幼い頃から嘘をつくことに対する恐怖心を植えつけられるのは確かだ。

だが、もしこの世の中に嘘が存在していなかったらどうなるのだろう。今よりはるかに生きやすく、はるかに楽しい世の中になるのだろうか。

私の好きな映画俳優のひとりにジム・キャリーがいる。コメディーとシリアスな芝居の境界線上にいて、本当の意味で自分の居場所を摑《つか》み切れていないような姿に胸を打たれるのだ。

そのジム・キャリーに、『ライアーライアー』というコメディーがある。ジム・キャリーが演じるのは調子のいい弁護士の役だ。彼には離婚した妻との間に五歳になろうかという息子がいる。その息子が、幼稚園の先生に父親の仕事を訊ねられて、こう答える。

「ライアー」

ライアーは〈liar〉、つまり嘘つきということである。嘘つきという仕事はない。先生が戸惑っていると、息子はさらに言う。

「裁判所で裁判官とお話しする仕事」

そこで先生は男の子が言い間違いをしたのだと納得してうなずく。

「そう、ロイヤーなのね」

しかし、それは言い間違いではなかったのだ。その息子にとって父親は、法律家のロイヤーであるより、まず嘘つきのライアーなのだ。父親は詭弁《きべん》を弄《ろう》して裁判に勝つだけでなく、幼い息子やその母親に対しても平気で嘘をつきつづける。週に一回の父と息子の面会日にも遅れてくるし、誕生日のパーティーにもやってこない。そこで、幼い息子は誕生ケーキのキャンドルを吹き消す瞬間に、神様にひとつのお願いをする。

――一日だけでいいから、パパが嘘をつけないようにしてください。

その瞬間からジム・キャリー演じる弁護士は嘘がつけなくなってしまう。嘘をつこうとしても口が動いてくれず、本当のことを言ってしまうようになるのだ。自分が嘘をつけなくなってしまったことに驚いたジム・キャリーが、青いペンを見て、これは赤い、と言おうとする。だが、どうしても、青い、と言ってしまうことがわかって、愕然《がくぜん》とする。

――自分は嘘をつけなくなってしまったらしい！

すると、弁護士としての彼の仕事がたちまち立ち行かなくなってしまう。同僚たちとの朝の挨拶《あいさつ》でも、調子よいひとことが出てこなくなり、クライアントにも、裁判官に対しても、裁判上の戦略的な嘘がつけなくなってしまう。弁護士のジム・キャリーは嘘をつけなくなることで大ピンチに陥る。さてその結末は……、という映画なのだ。

この映画はコメディーである。難しいことを主張しようとしているのではなく、嘘が言えなくなったジム・キャリーが七転八倒するおかしなパフォーマンスを楽しめばよいのだが、見終わって、ふと思ったりする。もし、人に嘘がつけないという状況が訪れたらどうなるだろうかと。

たぶん、大抵の人は困るに違いない。家族からガンの告知はしないでくれと頼まれた医師が、患者に本当のことをしゃべってしまったら、やはり非難されるだろう。金策に走り回っている中小企業の経営者が、銀行の貸し付け係に嘘がつけなくなったら即座に倒産してしまうかもしれない。試合の戦い方を記者に訊ねられたボクサーが、正直に戦法を答えたら相手に裏をかかれてしまうだろう。そこで大人たちは、嘘も方便、という言葉を用意することになる。

三十年以上前、関西で世の中を震撼《しんかん》させる事件が連続して起きたことがある。

そのひとつは京都で起きた「山口組組長狙撃《そげき》事件」である。

山口組の三代目組長として、山口組を日本最大のアウトロー集団に仕上げた田岡一雄《たおかかずお》が、京都のナイトクラブ「ベラミ」でヒットマンに狙撃されたのだ。放たれた二発の銃弾のうち、一発は田岡の首を貫通したが、辛うじて命は取り留めた。犯人は、反山口組連合の中核をなす大日本正義団の構成員、鳴海清《なるみきよし》と判明した。鳴海は、自分を可愛《かわい》がってくれた組長が三年前に山口組系の佐々木組に殺されて以来、いつか田岡に報復しようと狙《ねら》っていたのだ。

それから、警察と山口組との鳴海捜索合戦が始まった。どちらが先に鳴海を捕まえるか。警察が逮捕すれば懲役刑で済むが、先に山口組に見つかれば命がない。いや、警察に逮捕されても命の保証はなかった。拘置所でも刑務所でも、どのようなかたちかで潜入した刺客に殺されてしまうだろう。

鳴海はひたすら逃亡するしかなかった。ところが、反山口組連合のどこかの組に匿《かくま》われているとみられていた鳴海が、二カ月後、六甲《ろっこう》山中で死体となって発見された。その体には凄惨《せいさん》なリンチが加えられた痕《あと》がはっきりと残っていた。鈍器による殴打《おうだ》の痕や刃物によるいくつもの刺し傷だけでなく、歯が抜かれ、手足の爪《つめ》は剝《は》ぎとられ、性器が切り落とされていたともいう。どうやら、鳴海は、山口組の報復によって次々と組員が殺されていくことに恐れをなした「味方」に売られたもののようだった。

その事件が単なる暴力団の抗争の一齣《ひとこま》という以上に興味深かったのは、鳴海の裏切られ方の悲劇性にあった。もし、単純に山口組に発見されて殺されたなら、因果応報というくらいのことで納得もできる。だが、「味方」のためを思って決行した「英雄的な行為」が、「味方」にはかえって迷惑と思われ、「敵」に売られてしまう。売られてしまったということがわかったときの鳴海の絶望を思うと、どうしても心が動かされないわけにはいかないのだ。

その鳴海の死体発見から四カ月しか経《た》っていない翌年の一月、今度は大阪で銀行強盗が起きた。単なる銀行強盗なら当時でも珍しくなかったが、強盗に失敗した犯人が銀行に籠城《ろうじょう》するにいたって前代未聞《みもん》の展開をたどることになる。

犯人は梅川昭美《うめかわあきよし》といい、手にした猟銃で四人を射殺し、行員をはじめとする四十三人を人質に立て籠《こ》もった。警官に包囲されたその銀行内で、梅川は人質に残酷な仕打ちをしつづけた。

結局、四十二時間後に突入した警察の狙撃隊によって犯人が射殺されることで事件は解決したが、籠城の続いた行内は梅川の「『ソドムの市』にしてやる」という宣言どおり、血と糞尿《ふんにょう》にまみれた凄《すさ》まじいものだったという。

その梅川が死ぬ前に残した言葉は「俺は精神異常やない。道徳と善悪をわきまえんだけや」というものだった。

一九七〇年代末に起きたこの二つの事件は、犯人の年齢が自分と近いということもあって、私にはとりわけ強く印象に残る事件だった。鳴海清と梅川昭美。ノンフィクション・ライターとして私はこの二人について書いてみたいと思ったが、切り口が見つけられないまま手つかずの状態が続いていた。

ところが、それから一年したある日、知り合いの編集者から、こんな記事が出ていたのだけど、と関西の夕刊紙の切り抜きを見せられた。

それを見て、私は驚いた。一面のトップに「三菱《みつびし》銀行人質事件あれから1年！」とあり、その横に最大級の活字でこう記されているではないか。

「梅川、鳴海のオンナ」

さらにその前後に扇情的な見出しが乱舞しているのだ。

「16歳少女をめぐるショッキング秘話」

「あの猟銃鬼そしてドン狙撃手とも」

「初恋の鳴海に憧《あこが》れ家出」

「梅川とは熱い愛人関係に」

「まるで悪夢のよう」

「ウチは天中殺《てんちゅうさつ》の女」

記事では、その見出しからだけでも判断できるように、二つの事件の犯人である鳴海と梅川の両方に関わりを持った女性がいたことを告げていた。

《この女性は、中学一年の時に鳴海を慕って家出、鳴海が六甲山中から死体で発見された二カ月後に梅川と知り合いになった元スナックのホステス。世間を騒がせたこの

二つの大事件の主役に関係したこの女性は「ウチは天中殺の女やろか」とわが運命をのろっている――》

もしそれが本当なら数奇な運命の女性だ。鳴海と梅川に強い興味を抱いていた私は、その女性を通して二人を書いていく手掛かりが得られるかもしれないと思った。

彼女に会ってみたい。それにはまずこの記事を書いた記者に話を聞いてみることだ。編集者が連絡を取ってくれることになったが、しばらくして落胆したような電話がかかってきた。

「あれはどうもガセネタのようです」

しかし、私は諦《あきら》め切れず、自分で確かめることにした。どこがどうガセなのか。記事が載っていた大阪の夕刊紙の編集局に電話をすると、あの記事を書いた記者につないでくれないかと頼んだ。

出てきた相手に私は言った。

「実は、先週の土曜日に載った梅川と鳴海についての記事なんですが……」

「ああ……」

「あそこに出てきた女性のことで、話をうかがわせていただけないでしょうか」

私が頼むと、相手は電話口でもごもごと言っている。取材先については教えたくないのかもしれない。それも当然と言えば言えた。そこを突破するにはとにかく会った方が早いかもしれない。

「できれば、お会いいただけませんか」

私が言うと、まだもごもごしている。

「会うのはいいんやけど……」

「では、ぜひ」

私がいささか強引に食い下がると、相手は意を決したように言った。

「実は、あれ、嘘《うそ》ですねん」

「嘘？」

「あないな女、いてしまへんのや」

さすがにその台詞《せりふ》には驚かされた。

「でも、あそこには……」

「すんません」

「あんなに大きく……」

「すんません」

何を言っても、すんません、ごめんなさい、なのだ。しまいには、こちらの方が何か悪いことでもしているような気持になってしまい、「どうも、こちらこそすみません……」と謝りながら引き下がらざるをえなくなった。

大阪の夕刊紙については、大阪に行った折に地下街に派手に貼《は》られているのを眼にしたことがあるくらいでよくは知らなかったが、その夕刊紙はまさに東京における「東京スポーツ」の親類筋の新聞であったらしい。

だが、嘘をつくのはそれが「天下御免」の夕刊紙だからというだけが理由ではない。日本を代表する新聞だっていくつもいくつも嘘を報じてきた。新聞の歴史は誤報の歴史であるといってもおかしくない。ただ「大新聞」はあの夕刊紙の記者ほど素直に誤りを認めないだけの話なのだ。

ことは日本の新聞だけではない。アメリカのクォリティー・ペーパーとして「ニューヨーク・タイムス」に匹敵する新聞である「ワシントン・ポスト」だって、夕刊紙に「天中殺の女」の記事が出たと同じ時期に、すさまじい嘘の報道をしたことがある。ジャネット・クックという若く美しい黒人の女性記者が、八歳の黒人少年ジャンキーを主人公に「ジミーの世界」なるスクープ・ドキュメントをものした。今年でまだ八歳になったばかりの少年ジミーが麻薬中毒者になっているというのだ。ティーンの

KELLY
TAN
BALDEMOR STORE
EVEREADY
RUSH
ID
SARAO
BENJAMI
DAPITAN
UST
BERNARD
QUIAPO
NYO 897

麻薬常用者には慣れていたアメリカ社会も、八歳のジャンキーの出現には驚愕した。彼女の記事は大きな社会問題を提起し、翌年のピューリッツァー賞を受賞した。ところが、その受賞を機に、記事はまったくのでっちあげだということがわかってしまった。しかも、記者のジャネットはパリのソルボンヌ大学に留学したという触れ込みだったが、それもまた「詐称《さしょう》」だということがばれてしまったのだ。「ワシントン・ポスト」は大規模な調査委員会を発足させ、数カ月後、紙面の四ページを使う大記事でその調査結果を報道し、虚報であったことを正式に謝罪した。

確かに、人はやむをえず嘘をつく。たとえば、「ワシントン・ポスト」のジャネット・クックのように大新聞に入るために嘘をつく。あるいは、さらに有名になるために記事を創作したりもする。しかし、どうやら人は切羽詰まったり、方便のために嘘をつくだけでなく、嘘をつくために嘘をつくということもあるようなのだ。嘘は嘘を呼び、嘘をつくことが快感になっていく。

私ももちろん嘘をつく。原稿の締め切りを延ばしてもらうために何度仮病を使ったかわからない。いや、自分が病気になるだけでは間に合わず、父や母を勝手に病気にしたあげく、危篤《きとく》にさせてしまったことすらある。父母が共にいなくなってからはその手を使えなくなってしまったが、原稿の締め切りに関する小さな嘘はいまでもつきつづけている。

しかし、私が嘘をつくのも、単に必要に迫られて、というだけではないのだ。

私の本に『敗れざる者たち』という作品集がある。「あとがき」に記した自分の文章を引けば、《勝負の世界に何かを賭《か》け、喪《うしな》っていった者たち》という主題に沿って書かれたもの、ということになる。タイトルの「敗れざる者」というイメージは、アーネスト・ヘミングウェイの短編の「The Undefeated」から借りている。「The Undefeated」は「挫《くじ》けぬ男」とか「不敗の男」、あるいは「敗れざる男」とか訳される。

盛りをすでに過ぎた闘牛士がいる。彼はようやく前座試合に出ることができるが、すでにコリーダ〈闘牛場〉で牛を鮮やかに倒す力はなく、逆に角で腹を突き破られてしまう。その死にゆく男、敗れていく男の物語に、ヘミングウェイは「Undefeated」という称号を与えた。私もまた、私の作品集の主人公たちを「敗れざる者」という語で戴冠《たいかん》することにしたのだ。

そこで、我が『敗れざる者たち』は、エピグラフとして、ヘミングウェイの「The Undefeated」の一節を借りることにした。しかし、実際に邦訳されているものでは少し語呂《ごろ》が悪い。そこでほんの少しだけその訳文に手を入れさせてもらうことにした。だが、そうすると、それは本当の意味ではヘミングウェイの文章ではないということになってしまう。私は迷った。語呂の悪いままヘミングウェイの訳書の訳文を忠実に載せるか、それとも……。

そのときひとつのアイデアが浮かんだ。文章は少し手を入れたものを載せ、名前をA・ヘミングウェイとするのだ。

もちろん、ヘミングウェイのファースト・ネームはアーネストErnestだからEとしなくてはならない。しかし、あえてAとすることで、引用した訳文に勝手に手を入れてしまったことのイクスキューズとする。

それに、当時、私には次々とスポーツ・ノンフィクションを書き、出版していく構想があった。つまり、『敗れざる者たち』はその第一巻であるという意味を密《ひそ》かにエピグラフのAにこめておく。だから、次の巻のエピグラフにはヴィクトル・ユゴーやヴァージニア・ウルフというような名前の作家の文章を引き、Vならぬ B・ユゴーとかB・ウルフとかにする。そして第三巻は Karl Marx のようにドイツ系のカールの名をもつ作家や思想家の文章を引き、イニシャルをCとする。もちろん、カールでなくとも、カレル・チャペックとかカート・ヴォネガットというようなファースト・ネームにKを持つ人なら誰でもいい。いずれにしても、それらのイニシャルをCとすることで、A、B、C、D……とやっていく。

私はそのアイデアが気に入り、『敗れざる者たち』のエピグラフを次のようにした。

「あっしは闘牛士なんでさ」

と、マヌエルは言った。

A・ヘミングウェイ

そのスポーツ・ノンフィクションの第二巻目は、連続的にという当初の意気込みとは違い、なんと十三年後の刊行になってしまったが、とにかく『王の闇《やみ》』という作品集にまとまった。

それにももちろんエピグラフはつけられた。

「わたしにあって、あなたにないもの」

道化が王に謎《なぞ》をかけた。

B・セルバンテス

これはいかにも『ドン・キホーテ』を書いたスペインの作家セルバンテスの文章のようだが、実は違う。セルバンテスの名前はミゲル・デ・セルバンテスなので、どう頑張ってもB・セルバンテスとはならない。

だが、違っているのはイニシャルだけではない。実は、その文章そのものが存在しないのだ。つまり、そのエピグラフはいかにもセルバンテスが書いたように装《よそお》った私の作り物の文章だったのである。

その経緯はこうだ。

作品のラインナップが決まったとき、自然にエピグラフに掲げたような文章の断片が頭に浮かんできた。それにもかかわらずヴィクトル・ユゴーやヴァージニア・ウルフといった作家の文章から新たに何かを探してくるのが面倒になってしまった。またそれだけでなく、自分の頭に浮かんだ断片が可愛《かわい》く思えてきてしまった。そこで、いかにもそんな文章を書いていそうな作家の名を借りてきてしまったのだ。

第一巻目の『敗れざる者たち』のときには訳文に少し手を入れただけだったのに、第二巻目の『王の闇』になると文章まででっちあげてしまう。まさに嘘は増殖するのだ。

私はノンフィクションを書くに際して嘘を混入することはない。間違いは犯すかもしれないが、意図して嘘をまじえることを自分に許してはいない。しかし、私にも嘘をつきたいという人間としての本能がないわけではないのだ。その本能をどこかで満足させてやるために、ほんの一カ所だけ、エピグラフで嘘をつかせてもらっているとも言える。

いつになるかわからないが、その第三巻目にあたる本を出すときには、とうぜんエピグラフの作者名はC・＊＊＊となるはずである。だが、もし嘘が常に増殖しつづけるものであるなら、今度はその作家名も、ヘミングウェイとかセルバンテスといった、いかにも「いそうな人物名」ではなく、まったくのでっちあげになるはずである。たとえば、C・ギガとか、C・ジャイナプールといった具合に。

ところで、例の「天中殺の女」の記事はどうなったか。

実は、あの話は、しばらくして映画になって甦《よみがえ》ったのである。高橋伴明《たかはしばんめい》が『TATTOO〈刺青〉あり』という映画にしたのだ。

この映画では、梅川を思わせる主人公の名前は竹田《たけだ》となっている。竹田は瀬戸内海に面した故郷の町から大阪に出て、キャバレーの売れっ子ホステスと同棲《どうせい》するようになる。だが、やがて彼女は竹田に見切りをつけ、ヤクザの男のもとに走ってしまう。そのヤクザの名前は、なぜかズバリと鳴海と命名されている。しばらくして鳴海は「神戸の大物」を狙撃《そげき》するが、それを知った竹田もまた「でかいことをやったる」と銀行強盗を働くことになる……。

パンチパーマが特徴的な竹田に宇崎竜童《うざきりゅうどう》、鳴海という名のヤクザに山路和弘《やまじかずひろ》、そして二人に関わりを持つホステスに最も美しい時期の関根恵子《せきねけいこ》がキャスティングされている。

高橋伴明が『TATTOO〈刺青〉あり』をあの夕刊紙の記事を元にして作ったのかどうか正確なことはわからない。映画では、「天中殺の女」が二人の男と知り合う順序が記事とは逆になっているからだ。しかし、恐らく、重要なヒントにはなっていたような気がする。

ガセネタだと知って作ったのなら立派な「詐欺師」だが、もともと映画界というのは騙《だま》すのが上手なら上手なほど結構という世界なのだ。たぶん、その点では誰にも非難されなかったはずだ。非難されるどころか、「キネマ旬報《じゅんぽう》」ではその年のベストテンに選ばれているし、「ヨコハマ映画祭」では監督賞さえ受けている。もしこの映画における高橋伴明に非難される点があったとすれば、主演女優の関根恵子を、撮影後に高橋恵子にしてしまったことくらいだろうか。

気がかりなのは、あの『第三の眼』である。著者のロブサン・ランパことヘンリー・ホプキンスがどうなったかはどうでもいい。心配なのは日本版の訳者である。冒頭の「訳者のまえがき」で、あのインチキな著者の写真について《一見キリスト風でなかなかりっぱなうえに、そのヒタイにはまがうこともない〝第三の眼〟が写っていて、なるほどと感心した》とまで書いてしまったこの人は、なんと共同通信社の社会部次長だったという。これがとんでもない偽書だとわかって、ジャーナリスト人生に大きな影響を受けたのではないかと心配になってしまうのだ。

そこで、訳者氏の「その後」について、マスコミの内情に詳しいある方に訊《たず》ねたところ、なんと共同通信社で論説委員まで勤め上げることになったという。この大通信社においては、そんなことくらいでは出世にまったく響かなかったらしいのだ。

よかった、よかった。

――と、ここまで書いて、さらにもうひとつ付け加えなくてはならないことが出てきた。

数カ月前、ある雑誌に梅川の事件を回顧した元新聞記者の文章が載っており、その中にこんな一節があった。

《私たちは梅川の遺骨を前に小さな背中を丸める母親を四国の小さな町に訪ねたり、梅川と愛人関係にあった少女が、山口組の田岡一雄組長を狙撃した鳴海清とも交際していたという事実に遭遇したりした》

私はこれを目にしたとき、ここにもあの記事に振り回された人たちがいるのだなあと思い、そのまま通り過ぎていた。

ところが、今回あらためて確認すると、この記者の属していた毎日新聞大阪社会部は、単に「事実に遭遇したりした」だけでなく、それを実際に記事にしていたらしい。しかも、その記事は、あの夕刊紙と同じく、事件の一年後に発表されているという。

それを知った瞬間、「もしかしたら！」と跳び上がるような思いで、ひとつ確かめなくてはならないことがあるのに気がついた。

その二つの記事は、どちらが先に出たのか？

そこで、毎日新聞の大阪版に載ったという記事を手に入れて確かめると、それが出たのは一九八〇年一月二十五日の朝刊だった。

私の手元に残っている記事の切り抜きによれば、例の夕刊紙の発行日は一九八〇年一月二十六日ということになっている。しかし、実際には前日の夕方には出ているようなので二十五日の夕方ということになるが、毎日新聞の記事が出たあとであることに変わりはない。

なるほど、なるほど。

あの夕刊紙の記事は、「梅川と田岡組長狙撃の鳴海／接点に一人の少女」という毎日新聞の記事をそっくり「いただいた」ものだったのだ。だから、それを書いた記者は何度も何度も謝っていたのだ。そんな女はいない、ではなく、そんな女には会ったことがない、だったのだ。なるほど、なるほど。

迂闊《うかつ》だったのは私の方で、本家の記事でなく、コピーした記事に眼を奪われたあげく、二人に関わった少女を存在しないものと思い込んでしまった。

もし、本家の記事を読んでいたら、そしてその少女に辿《たど》りつけていたら、私はどうしていただろう。やはり、彼女を突破口にして梅川と鳴海の二人について書いていたような気がする。

だが、それも、いまとなっては死んだ子の齢《とし》を数えるようなものにすぎない。

いずれにしても、「天中殺の女」の記事は「捏造《ねつぞう》」ではなく「盗作」だった。「捏造」と「盗作」。果たして、「詐欺師《さぎし》」としてはどちらが格上なのだろう。

挽《ばん》歌《か》、ひとつ

それは一月の初めのことだった。

朝、新聞の一面の下段に載っている本の広告に目を通していて、ドキッとした。何か気になる文字が目の端をよぎったように思えたのだ。ほんの少し目を動かして見ると、それが自分の名前だということがわかった。

私の名前があったのは、本や雑誌の広告の中ではなく、その新聞の看板記事のひとつであるコラムの中だった。

それは昭和における最高の女優のひとりと言ってよい高峰秀子《たかみねひでこ》の死に際しての一種の追悼文であり、そこに私が書いた高峰秀子論の一行が引かれていたのだ。

《「高峰秀子にとっての真の作品とは『高峰秀子』だったのではあるまいか」は、作家沢木耕太郎さんの評である》

いや、「高峰秀子論」というのは大袈裟《おおげさ》すぎる言い方だった。私が書いたのは、高峰さんの半生記と言うべき『わたしの渡世《とせい》日記』の文庫版の解説として提出した、いわば「読書感想文」のようなものである。

高峰さんはすばらしい書き手だった。女優として、という但《ただ》し書きを必要としない見事な文章の書き手だった。自分の言いたいことを簡潔に書く。その最もむずかしいことを常に軽々とやってのけている。私は単行本で『わたしの渡世日記』を読んで以来、高峰さんの書いた文章をほとんど読んでいた。

すると、あるとき、高峰さんから、あらたに『わたしの渡世日記』が文庫化されるに際して、解説を書いてもらえないだろうかという依頼が舞い込んできた。どういう経緯で私が高峰さんの読者であることを知ったのかはわからなかったが、喜んで書かせていただくことにした。

文庫の編集部の心づもりでは四百字詰めの原稿用紙にして十四、五枚ていどということだったらしいが、私のいつもの悪い癖で、書いているうちにどんどん長くなり、最終的に三十枚に達する「大長編」になってしまった。しかし、高峰さんは、それを面白がってくれたらしく、以後、食事を御一緒したり、手紙のやり取りをするようになった。

そのようなきっかけで初めてお会いすることになった高峰さんには、三つのことで驚かされた。

ひとつは、その佇《たたず》まいである。

お会いしたのは、高峰さんの指定によるホテルの中華料理店だったが、個室がないとかで一般の客と同じ広いフロアーの席につくことになった。もちろん、高峰さんには、周囲の席から顔が見えないように、通路を背負うように座っていただくことにした。

その食事中に不思議なことに気がついた。他のテーブルに座っている客が、トイレに行くためだったり、食事を終えて出口に向かうためだったりして、高峰さんの背後を通り過ぎる。そのとき、ふっと、振り返るようにして視線を高峰さんの背中に向けるのだ。もちろん、そこにはただ小柄な銀髪の女性が座っているだけである。だから、通り過ぎる人の視線はまた前に戻されるのだが、ほとんど例外なく、同じような行動を取るのが不思議だった。

高峰さんは趣味のいい服を着ていたが、豪華だったり華美だったりというものではなかった。だから、それは、高峰さんという存在が放っている何かによるものだったのだろう。後ろ姿からでもつい目を引かれてしまう何か、俗に言う「オーラ」を発していたのかもしれない。

驚かされた二つめは、ハワイについての発言だった。

高峰さんには「夫・ドッコイ」こと松山善三《まつやまぜんぞう》との共著である『旅は道づれアロハ・オエ』という本がある。

《青く澄んだ高い空とエメラルドグリーンに輝く海、そして一年中ヤシの葉をサヤサヤと歌わせている心地よいそよ風の魅力にひかれて、私たち夫婦がホノルルにささやかなアパートメント・ハウスを借りてから、もはや十年の月日が過ぎた》

高峰さんによれば、「夫・ドッコイ」が腎臓《じんぞう》結核になり、医師に長時間の座業を禁じられて以来、口述筆記を引き受けることになったのだという。それは必ずしも楽しいばかりの作業ではないので、ついあれこれと文句を言ったり、注文をつけたりしたくなるが、「今度の口述、ハワイでやるか」と言われると、心ならずもイソイソとつき従ってしまうのだという。しかし、滞在があまりにも長くなると、ホテルでの生活が息苦しく不自由に感じられてくる。そこで、「夫・ドッコイ」の意見もあり、ワイキキのアパートメント・ハウスを借りることにした。

ところが。

《どうも様子がおかしい。めったやたらと主婦（つまり私）の仕事が増えてくたびれちまったのである。

ホテル住まいなら口述筆記だけしていればよかったけれど、いくら小さいとはいえ一軒の住居となると掃除、アイロンかけ、シーツやタオルの交換からゴミ捨て、かてて加えて「食事の支度」という最も時間のかかる仕事がドカン！と増えてしまったからだ。どうやら夫・ドッコイは、「ハワイくんだりまで通うなら、口述筆記のついでに料理もさせよう」というコンタンでアパートを借りる気になったらしいのである。これだから男は、信ずる夫といえども油断がならない》

しかし、それはこう続くのだ。

《「ひっかかった！」と思ったときは時、既に遅かった。根が美味《うま》いもン好きの私である。レストランでステーキの焼きかたに失望すると、次の日はマーケットの肉売場をウロついてうまそうな肉をえらび、自分でステーキを焼いてみなければ気がすまず、レストランや市販のサラダドレッシングが、もうひとつ気に入らないと、自分でチョコチョコと作るようになる》

そこから、高峰さんが世界一おいしいと思うという「マノアレタス」や「クレソン」や「アルファルファ・スプロート」などといったハワイの野菜の話になり、さらには「鶴米《つるまい》」や「国宝」といったカリフォルニア米の話、大豆の匂《にお》いのするハワイの豆腐や納豆の話になっていく。

この本を読むかぎり、高峰さんの方がはるかに「夫・ドッコイ」よりハワイにおけるアパートメント・ハウスでの生活を楽しんでいるように思える。

私がそのような意味のことを言うと、あのてきぱきした口調で、高峰さんがこう言うではないか。

「楽しんでなんているもんですか。ハワイに行ったたって、日本にいるのと同じ、オサンドンをするだけなんですからね」

そして、最近はあまり行かなくなってしまったのだ、と付け加えた。

それはもしかしたら、引き算の問題なのかもしれなかった。かつては面倒臭さと楽しさを比較すれば楽しさの方が勝っていたのに、最近では面倒臭さの方が勝るようになってしまった……。

さらに初めてお会いした高峰さんに驚かされた三つめは、意外なほど映画の世界に対する態度が冷ややかだったということである。確かに『わたしの渡世日記』にも《私は正直いって映画界に未練はない》という一行がある。しかし、もう少し、複雑な思いを抱いているのではないかという気がしていた。ところが、少なくとも現在の映画界についてはほとんど興味を抱いていないことがわかった。それどころか、私が雑誌や新聞で映画評のようなものを書いていることに関して「苦言」を呈されてしまったほどだった。

「あんなことをしている暇があったら、もっときちんとした作品を書いてください。『深夜特急』みたいに、顔がむくんじゃうような長いものをね」

高峰さんが言うには、あまりにも熱中して『深夜特急』を読んだために、つまりあまりにも長いあいだ下を向きつづけていたために、顔がむくんでしまったというのだ。

その褒め言葉は嬉《うれ》しかったが、私には高峰さんが映画についての文章というものにまったく価値を見いだしていないことの方が驚きだった。

実際、高峰さんは五十代であっさりと映画界を引退している。

あるいは、そうできたのは高峰さんの芸能活動の主戦場が舞台ではなく、映画だったからかもしれない。もし、高峰さんが映画から舞台へ活動の拠点を移動させていたら、また別の在り方があったのかもしれないとも思う。

私が二十代の頃、つまり駆け出しのライターだった頃、よく書かせてもらっていた雑誌に、東京放送、現在のＴＢＳが出していた「調査情報」という放送雑誌があった。別にそこで放送関係の原稿を書いていたわけではなく、まったく自由にいろいろなノンフィクションを書かせてくれていたのだ。

その自由さには、編集長である今井明夫《いまいあきお》という人の個性が大きく作用していたのではないかと思う。もともと編成畑のテレビ屋だったということが大きかったのかもしれないが、すべてにおいて大ざっぱで細かいことに拘泥しない。少し暇になると、平日でも自分の車でゴルフに行ってしまったり、台湾に遊びに出かけたりしてしまう。編集会議などというものはほとんどなく、夕方みんなで酒を呑《の》みながら話していたことが目次になっていく。要するに、雑誌作りにおいてはかなりいい加減だったのだ。

ダンディーだけどいい加減。まるでタレントの高田純次《たかだじゅんじ》が作り上げたキャラクターのような人だったが、その今井さんのいい加減さに、雑誌の編集部員も書き手である私も大いに救われていた。なにしろ、原稿の遅い私が締切をはるかに過ぎてなお書けないでいても、慌《あわ》てず騒がず「それじゃあ、発行日をずらすか」と言ってくれる人だったのだ。雑誌にとって発行日を遅らせるということがどれほど大変なことか知らなかった私は、どのような雑誌でもそんなものなのだろうと思っていたが、それは「いい加減」な今井さんでなければとうていできないことだったのだ。

この今井さんはまた「恐怖の電話魔」だった。深夜、不意に電話が掛かってくると、そのとき自分が興味を抱いていることを一方的に話しはじめる。それが一時間、二時間と続いていく。冬、寝る寸前だったために、パジャマ姿で震えながら今井さんの話を聞いていたこともある。

私は人の話を聞くのが大好きで、面と向かってなら何時間でも人の話を聞くことができる。一晩でもかまわない。しかし、長電話は苦手である。ふつうなら三分以上電話で話すことはないのだが、今井さんからかかってくると一時間は軽く超えてしまう。途中で、頭がクラクラしてきてしまうほどだったが、そんなことはおかまいなく、今井さんは話しつづける。

好奇心旺盛《おうせい》な今井さんは、やがて鈴木明《すずきあきら》という筆名の書き手となり、『「南京大虐殺《ナンキンだいぎゃくさつ》」のまぼろし』で大宅《おおや》賞を受賞することになるのだが、その次に本格的に書くことになるのが『リリー・マルレーンを聴いたことがありますか』だった。

第二次大戦中に、枢軸国《すうじくこく》側でも連合国側でも歌われた「リリー・マルレーン」という曲の謎《なぞ》を縦糸に、それをドイツで歌ったララ・アンデルセンと、アメリカで歌ったマレーネ・ディートリッヒという二人の女性の人生を横糸に織り込みつつ、ヨーロッパを紀行するという趣向の作品である。

それを取材しているときには、よく電話でマレーネ・ディートリッヒの話を聞かされたものだった。

とりわけ印象的だったのは、一九七〇年の「大阪万博」でコンサート・ショーを開くために来日したディートリッヒについての挿話だった。

当時、ディートリッヒは七十に近い六十代。たまたま今井さんも東京放送の社員として「大阪万博」に関与していたため、ディートリッヒのショーを見ることになった。今井さんは、『嘆きの天使』や『モロッコ』の女優としてのディートリッヒは知っていたが、舞台の「エンターティナー」としてのディートリッヒの本当の凄《すご》さについてはほとんど知らなかったという。しかし、そこで聴いた「リリー・マルレーン」という曲が耳に残り、数年後にその追跡の旅を始めてしまうことになる。

そのディートリッヒについて私の記憶に強く残ったのは、彼女とシャンパンをめぐる一挿話だった。今井さんは、来日したディートリッヒの世話係をしたという女性から、こんな話を聞いたらしいのだ。

ディートリッヒは、来日するに際して、細かな契約書を取り交わしていた。その中には、いかなる条件のもとでも写真は撮ってはならない、撮らせてはならないというものや、記者会見には応じるが、そのときのスポットライトはどこからどのくらいの光量で当てなくてはならないというものまであったという。

中でも、日本側のスタッフを慌てさせたのが、シャンパンの「ドンペリニオン」を用意しておくこと、という条件だった。いまなら、どんな場末のホストクラブにも用意してあり、シャンパンタワーなどという下品な呑み方で、まさに「湯水」のごとく消費されることのあるブランドのシャンパンだが、当時の日本では呑んだことはもとより、名前すら聞いたことがないという人の方が多かった。

そこで、スタッフは大阪中を駆け巡って探したが、ついにどこの酒屋でも見つけることができず、東京の最も有名なフランス料理店だった「マキシム」で、ようやく二本だけ見つけることができたのだという。

その「ドンペリニオン」をディートリッヒはどうしたのか。公演の直前、舞台の袖《そで》でグラスに一杯そそぎ、それをグイと呑みほしてから、スポットライトの中央に歩み出していったのだという。酒を呑まないと、胸がドキドキして出ていけない、というのが理由だった。

この話が印象的なのは、ディートリッヒのような人でも、舞台に出る前はそれほどまでに緊張していたということを知って安心するから、ではない。そうした緊張感、恐怖感を抱いてもなお、繰り返し繰り返し出て行くほど、舞台には光り輝くものがあったということなのだ。

映画には、舞台におけるこの一回性の「光り輝くもの」だけは存在していない。高峰秀子さんが潔《いさぎよ》く映画界から離れられた理由のひとつが、そこにもあったのかもしれ

ないと思う。

私の数少ない自慢のひとつが、週刊誌の「私のごひいき・ベスト3」というコラムに載った高峰さんの文章である。

そこで、人を見る目の厳しいあの高峰さんが、御主人の松山善三と、高峰さんのほとんどの本の装丁を手掛けている安野光雅《あんのみつまさ》というお二人と並んで、おまけ風ではあるけれど三人目に私を選んでくださっているのだ。

しかし、その高峰さんには、いつも叱《しか》られてばかりいたような気がする。お会いしているときよりも、むしろ手紙のやり取りをしているときに、その印象は濃い。だからだろうか、高峰さんの手紙は、なんとなく、肉親からのもののように思えることがあった。

あるとき、私は飛行機事故に遭った。乗っていたセスナがブラジルのアマゾンで墜落してしまったのだ。飛行機は大破したが、私は腰を強打しただけで命に別状はなかった。そこで、私はそのときの経験を面白おかしく書いたりしゃべったりしていた。すると、高峰さんから年代物の酒が届いた。そして、そこには、次のような手紙が同封されていた。

――あなたが墜落した経験を面白おかしく書いたりするのはあなたの性格だとわかってはいますが、少し控えた方がいいのではないかと思います。あなたのことを心配している人がいることを忘れてはいけません。私の夫の松山善三は「病気のデパート」と言えるくらいあちこちが悪く、さまざまな手術をしました。そのたびに、私もおろおろと一緒になって痛みを覚えました。あなたの家族も、あなたと一緒に痛いのです。そのことを忘れてはいけません。でも、本当に無事でなによりでした。お送りしたのは私が米軍のキャンプに出入りしていたときにもらったお酒です。もしよかったら呑んでください……。

去年の秋、私はヨーロッパを旅していた。フランス、ドイツ、スペイン、イギリス。一種の取材旅行だったが、それが予想外に順調にいったということもあって、スペインのサン・セバスティアンでも、バルセロナでも、イギリスのオックスフォードでも、実に楽しい日々を送っていた。

その楽しさを誰かに伝えたいと思ったとき、すぐ頭に浮かんだのが高峰さんの顔だった。

実は、高峰さんとお会いしてから、面白い土地を旅すると手紙を出すようになっていたのだ。筆無精の私にしては珍しいことだったが、ヴェトナムのハノイからも出したし、中国の新疆《しんきょう》ウイグル自治区からも出していた。すると、高峰さんはその返事を書いてくださる。

沢木耕太郎様

先だってはお便りありがとうございました。

相変らずバスでとんでもないところ（私にとっては）にいらしてるんですね。ついさきごろ、『イルカと墜落』を再読したところでした。そして、その後腰痛はすっかりよくおなりかしら？　と思っていたところでした。いずれにしても、もう青年とは言えないのですから、あまり御無理はやめてください。

私はついに八十二歳、あちこちがガタガタで（つまり老衰）一日の大半はベッドの中で、楽しみは唯一《ゆいいつ》、読書のみ、という情ないことになっています。外出もほとんどしませんが、でも、いつかまたお目にかかれるかも……という希望を持っています。

どうぞ、くれぐれも御自愛くださいね。

高峰秀子

これは数年前、香港《ホンコン》から中国のシルクロードを乗合バスで旅をしたとき、最終目的地のカシュガルから出した手紙に対して書いてくださった返事だ。

だが、昨秋、ヨーロッパを転々としながら、高峰さんに手紙を書こう書こうと思いながら、なぜか書けないでいた。そして、パリの左岸の小さなホテルで最後の夜を迎えたとき、ようやく手紙を書きはじめた。パリは高峰さんの思い出の土地でもあったからだ。

高峰さんは、二十七歳というまさに「人気絶頂」の頃、単身でパリに向かう。それは強引な養母のもとから逃げ出し、芸名の高峰秀子ではなく、本名である平山秀子として「普通の生活」をするためのものだったという。

そのとき下宿したのがカルチェラタンのピエール・ニコルという街だった。サン・ミッシェル大通りから少し入ったところにあるその街は、私がいつもパリに行くときに泊まっている安宿からもそう離れていない。ところが、去年の秋は、その安宿が満室で泊まることができなかった。ホテルを求めて歩きに歩いているうちに、気がつくとセーヌ河まで来てしまい、その河岸にある古い小さなホテルに泊まることになった。私には、その成り行きが面白く、高峰さんにぜひ「話したい」と思ってしまったのだ。

しかし、半分まで書いたところで、筆を措《お》いてしまった。最近の高峰さんが、もう何もしたくなくなっている、ということはうかがっていた。私ひとりが旅先で浮かれたような手紙を出していいものかと躊躇《ちゅうちょ》してしまったのだ。それに、私が手紙を書き送れば、律義《りちぎ》な高峰さんは必ず返事を書こうとするだろう。そんな心理的負担はかけないほうがいいのではないかと思ったのだ。

聞けば、高峰さんは去年の十月に入院、十二月の二十八日に亡《な》くなったという。私はまったく知らなかったが、パリで手紙を書こうかどうしようか迷っていたとき、高峰さんはすでに入院なさっていたのだ。

何かを予感していたなどということはない。だが、私が手紙を出そうと思いついたのにはたぶん理由があったのだ。出しておけばよかった。出せば、そして読んでもらえれば、ほんの一瞬でも、病床の高峰さんの気持を和ませることができたかもしれないのに……。

似たような後悔を以前もしたことがあった。

あれは、陸上競技の百メートル走で十秒の壁に挑んだアスリートたちを追うという旅を続けていたときだった。太平洋を渡ってアメリカに行き、西海岸から東海岸に移動し、カナダとジャマイカに寄ってから大西洋を渡ってヨーロッパに入った。そこで、歴史上、初めて十秒フラットで走ったアルミン・ハリーを訪ねるため、ドイツのガルミッシュ＝パルテンキルヘンへ向かった。

すべての取材が終わった最後の夜、ホテルの部屋に戻ってテレビをつけた。何を見ようとしてつけたわけではなかったが、たまたまマレーネ・ディートリッヒの『モロッコ』をやっていた。さらに、それが終わると、ディートリッヒの若い頃のフィルムが流され、そこにときどきパリのアパルトマンらしい建物の映像が挟み込まれる。それを見て、ああ、ディートリッヒが死んだのだなと思った。

九十近いはずのディートリッヒがパリに住んでいることは私も知っていた。その往年の映像が、住んでいたと思われるアパルトマンと共にテレビで流される。ナレーションはドイツ語だったのでよくわからなかったが、それは彼女の「死」を伝えるものという以外に考えられなかった。

その翌日、私はフランクフルトに行き、そこから日本に帰る飛行機に乗った。

フランクフルトの空港ロビーでは日本の新聞が売られていた。一カ月ものあいだ、まったく日本の新聞を読んでいなかった。それもあったのだろう、私には珍しく、ふと、買ってみる気になった。その場でページを繰ると、いきなり週刊誌の大きな広告が目に飛び込んできた。その中に、「尾崎豊《おざきゆたか》の父の手記」という一行があった。それを見た瞬間、ああ、尾崎豊も死んでしまったのだなと思った。外国を旅行していたため知らなかったが、尾崎豊の父親が「手記」を書く以上、やはりそれは彼の「死」を契機としたものとしか考えられなかったのだ。そして、こう思ったのを覚えている。自分はマレーネ・ディートリッヒが天寿をまっとうしたところから、尾崎豊が若くして死ななくてはならなかった国に戻っていくのだな、と。

尾崎豊とは一度だけ話をしたことがあった。彼の依頼で雑誌の対談をしたのだ。ホテルの一室で会った尾崎豊は、きゃしゃな、少年のような体つきをした若者だった。

対談は和やかに進んだ。そのきっかけになったのは、私が話した幼い娘に関するあるエピソードだったかもしれない。

私は対談を前にして、家で尾崎豊のCDを聴きつづけていた。その中には、もちろん発売されたばかりの『誕生』というアルバムもあった。

ある日、幼い娘が鼻歌のように歌っている曲がある。気をつけて聴いてみると、それは『誕生』の中の「COOKIE」という曲ではないか。

Ｈｅｙ　おいらの愛《いと》しい人よ
おいらのためにクッキーを焼いてくれ
温かいミルクもいれてくれ

私は、こんな幼い子供にも、簡単に覚えて歌わせてしまうほど印象に残る曲だったのかと驚いた。

その話をすると、やはり子供を持ったばかりだった尾崎豊はとても喜び、そこから話はぐっと親密度を増していった。

対談が終わると、彼の行きつけの店らしいレストランバーに誘われた。「COOKIE」を生で聴いてもらいたいというのだ。尾崎豊は、まだ誰も客の入っていないその店で、私のために「COOKIE」をはじめとして三曲、ギター一本で歌ってくれた。

それは実に心に残る「ライヴ」だった。

だからということもあったのかもしれない。以後、何度か尾崎豊からコンサートの誘いを受けたが、行く気になれなかった。どんなすばらしいコンサートでも、あの夜のライヴ以上のものは聴けないように思えたからだ。

しかし、フランクフルトで尾崎豊の死を知って、後悔の念が湧《わ》いてきた。どうしてコンサートの誘いに応じなかったのだろうかと。もしかしたら、歌を聴かせたいというだけでなく、そのあとで何か話をしたかったかもしれないのに……。日本に帰り、それからしばらくして公開された尾崎豊にまつわる写真を見て、さらに胸が痛んだ。彼の書棚の中に、私の本が大事そうに飾られていたからだ。

こんなことも思う。

高峰さんが映画界に冷淡なように見えたのは、映画というものに思い残すことがなかったからかもしれない。子役から娘役へ、娘役から老女役へと、五十年もの長きにわたってさまざまな「役」を演じつづけてきた。それも日本を代表する監督や俳優と共にである。充分に生き切った人が、人生にあまり未練を残さないのと同じく、高峰さんも映画の世界で、これ以上はないというほど十全に生き切った。だからかもしれない、と。

私が書いた『わたしの渡世日記』についての「読書感想文」の最後は、次のような一節で終わっている。

《潔《いさぎよ》さ。

もし、高峰秀子が雌ライオンであるとするなら、この雌ライオンの最大の願望は、人生において常に潔くありたいということであるに違いない。それが達成されたとき、「毅然《きぜん》とした雌ライオン」は真の「高峰秀子」になっているはずである》

きっと、高峰さんは最後の最後まで「潔さ」を貫いたことだろう。そして、その結果、真の「高峰秀子」になったことだろう。

たぶん、悼《いた》むというのは「欠落」を意識することである。あの人を失ってしまった！　と痛切な思いで意識すること、それが悼むということなのだ。

だが、人はやがて忘れていく。なぜなら、忘れることなしに前に進むことはできないからだ。前に進むこと、つまり生きることは。

人の死による「欠落」は永遠に埋めることはできないが、やがてその「欠落」を意識する人が誰もいなくなるときがやって来る。必ず、いつか。そのとき、死者は二度目に、そして本当に死ぬことになる。

しかし、高峰さんならサバサバとこう言うかもしれない。

「それでいいのよ。死んだ私なんかのことより、生きている人にはもっと大事なことがあるでしょ？」

言葉もあだに

アメリカのニューヨークでアンダーカヴァー、潜入捜査専門の警察官をしていた「ハッシー」という通称の日本人がいる。どういういきさつで日本人である彼がそういうことになったのかは何度聞いてもよくわからないところが残るのだが、警察で柔道を教えているうちになんとなく潜入捜査官なるものになってしまったらしい。アンダーカヴァーの仕事を辞めてからはマンハッタンで私立探偵になった。

そのハッシー、長くニューヨークに住んでいるため、久しぶりに日本に帰ってくるとスラップスティックの喜劇を地でいくような出来事が降って湧《わ》いてくるという。

あるとき、以前ニューヨークで世話をしたことのある関東の某組の大幹部が、日本に帰ってきたら声を掛けてくれと言っていたのを思い出し、白人の知り合いと一緒に訪ねていったことがある。すると、某組の大幹部は約束を違《たが》えず歓迎してくれ、さっそく二人をソープランドに連れていってくれた。エイズを怖がるソープランドの女性たちは外国人を極度に敬遠しており、そのためハッシーの知人である白人の相手をするのをとてもいやがった。おかげでハッシーも胡散臭《うさんくさ》そうに見られたが、それでもようやく二人に相手が見つかり、ハッシーにはチェリーちゃんという女性がついてくれることになった。ところがそのチェリーちゃん、事がしだいに進行していくあいだにも、あんたは本当に日本人、と疑惑の眼差《まなざ》しを向けてくる。どうしてそんなことを思うんだいと訊《たず》ねると、あんたの靴下の柄はとても日本人がはきそうもないものだったと答えたり、ほらそのやり方が妙なのよと言ったりする。他の日本の男というのは、こういう場合どのように言ったりやったりするのだろうと、ハッシーは頭の中で考えつつ、おっかなびっくりクライマックスに向かっていったという。

某組の大幹部はその翌日も二人を迎えにきて、同じソープランドに連れていってくれた。

出てきた支配人は、二人の顔を見ると、またですかとがっかりしたような顔をして言った。

「今日も同じ娘《こ》にしますか」

ハッシーは、せっかく某組の大幹部が「勉強」させてくれようとしているのだから別の娘がいいと思い、そのように頼むと、支配人はわかりましたと言って、奥に向かってこう叫んだ。

「サクラさん、お願いします！」

それを聞いて、ハッシーは慌《あわ》てた。

「別の娘がいいと言っているじゃないか」

すると、支配人がキョトンとした顔になった。

「だから、違う娘を……」

「だって、昨日がチェリーで、今日もサクラだって……」

「そうですよ」

「チェリーはサクラだろ」

「いえ、チェリーはサクラと違います」

「違うって言ったって、サクラはチェリーじゃないか」

「いえ、チェリーちゃんとサクラさんは違うんです」

ハッシーは支配人の言っていることがよくわからず、もういいや、とそのサクラさんを部屋に迎え入れると、間違いなく昨日のチェリーちゃんとは別人だったという。

まぎらわしい名前をつける店側がいけないのか、日本の風俗営業店におけるサクラとチェリーの名前の違いもわからなくなっていたハッシーの方が悪いのか。いずれにしても、これなどは「外国語の受容の過程で起きた混乱」とか「文化的な差異による

「言葉の行き違い」などということで済ますことはできるが、同じ文化的な背景を持ち、同じ文化的な土壌にある者同士でも、言葉を適切なところで適切に使うということは意外にむずかしい。

第一期オバマ政権におけるアメリカ国務長官の亭主で、かつて自身もアメリカの大統領だったビルという名の男がいる。この男の引き起こした女性問題から、「不適切な関係」という言葉が世界的に流行したことがあるが、もしその表現の一部を借りるとすれば、言葉には「不適切な言葉」というものが間違いなく存在する。

ある日、資料の整理のような手作業をしながらFMのラジオを聴いていたら、女性のディスクジョッキー、J―WAVE風に言えばナヴィゲーターの番組が始まった。

それが春の結婚シーズンに入って間もない頃だったということもあったのかもしれない。結婚式にまつわるあれこれを話題に取り上げていく中で、そのナヴィゲーターは女友達から聞いたというこんな話を披露していた。

女友達のさらに友人である女性がホテルでの結婚式の受付をしていたときのことだ。通路の向こうから喪服姿の若い女性が姿を現した。まあ、縁起でもない、どこに行くのだろうと見ていると、まっすぐこちらにやってくるではないか。まさか……と思っていると、受付の前に立ち、深々とお辞儀をする。そして、ひとこえ、こう言ったというのだ。

「御愁傷様」

しかも、御丁寧なことに「御霊前」と書かれた香典袋を差し出すと、くるりと振り向いて帰っていってしまったのだという。

ナヴィゲーターにこの話をしてくれた女友達は、つくづく感心したように言っていたという。

「こんなことをテレビドラマでやらせたらあざとすぎると笑われるでしょうけど、現実は凄《すご》いわねえ」

結婚式場で「御愁傷様」とは、まさに「不適切な言葉」の極北にあるような台詞《せりふ》である。もちろん、古人が言うように結婚が人生の墓場だとするなら「御愁傷様」という言葉がまったく的外れということもないが、それとこれとはまた別の話である。いずれにしても、喪服を着て結婚式場に乗り込んできた女性は、あえて「不適切な言葉」を使うことで、その怒りの深さを表現していたのだ。

ひとりごちる、という言い方がある。どういうわけか、私はこの言葉が苦手で仕方がない。意味としては、ひとりごとを言うということなのだが、小説を読んでいて、この言葉が出てくると体がむずむずしてくる。時代小説ならともかく、現代を舞台にした小説に出てくると、とつぜん、時代がさかのぼったかのような錯覚をおぼえてしまう。そして実際、現代を扱った小説にも、これがかなり頻繁に出てくるのだ。ひとりごとを言った、あるいは、つぶやいた、でどうしていけないのか不思議でならない。私には、これもまた、一種の「不適切な言葉」であるように思える。

もちろん、この種の「不適切な言葉」は、小説だけでなく、漫画にだって、映画にだって出てこないわけではない。

たとえば、つい先日、実写版の映画の上映が始まったばかりの『あしたのジョー』である。

私には、梶原一騎《かじわらいっき》が高森朝雄《たかもりあさお》名義で原作を書き、ちばてつやが作画を担当したこの『あしたのジョー』は、ある世界が生み落とすことのできる奇跡の一作であると思える。主人公、ライヴァル、脇役《わきやく》、そしてストーリー展開と、すべてにおいて非の打ちようがない。

この『あしたのジョー』の最大のクライマックスと言えば、主人公の矢吹丈《やぶきじょう》とその永遠のライヴァルである力石徹《りきいしとおる》との八回戦の死闘だろう。

まだ少年の体つきをしている丈のために、大柄な力石が「地獄の減量」に耐え、バンタム級にまで降りてくる。リングに立った力石はほとんど立つのがやっとのようにさえ見える。しかし、研ぎ澄まされたアッパーは、頬をかすっただけで丈の皮膚にカミソリで切ったかのような傷をつけてしまうほどだ。

その力石のアッパーを、丈は華麗なスウェーバックで避《よ》けつづける。そして、避けた直後に懐《ふところ》に飛び込んでパンチを浴びせる。だが、それを何度か続けていると、飛び込むタイミングを覚えた力石に、カウンターで顎《あご》を打ち抜かれてしまう。

たった一発でキャンバスに吹き飛ばされた丈は、力石を睨《にら》みつけながらこう言う。

「お、おのれ」

以前、読んでいるときはあまり気にならなかったが、丈の顔はどのようにして少年から青年になっていくのかを確かめるため一巻から最終巻まで一気に読んでいったことがあり、そのとき初めて、丈が「うぬー」とか「おのれ」とかいう台詞をよく吐くということに気がついた。いくら昭和の物語だといっても、丈は現代の少年であり、青年である。さすがに、「うぬー」や「おのれ」はないと思うのだが、原作者である梶原一騎にとっては、ごく自然な台詞だったのだろう。

このことは、梶原一騎という人のバックグラウンドにあったのが大衆小説的な世界観だったのではないかということを想像させる。

それは、ひとつには、彼が昭和十一年に生まれたという時代性もあったことだろう。実際、彼について書かれたすぐれた評伝である斎藤貴男《さいとうたかお》の『夕やけを見ていた男』によれば、梶原一騎の原作には戦前の少年たちが愛読した佐藤紅緑《さとうこうろく》の『あゝ玉杯《ぎょくはい》に花うけて』に通じる回路があるという。

だが、実は、「うぬー」とか「おのれ」とかいうような大時代な言葉づかいは、昭和前期に生まれた梶原一騎の作品にだけあるものではない。

イギリスの作家ジェームズ・ヒルトンに『失われた地平線』という小説がある。それは、チベットの山奥のシャングリラなる理想郷に迷い込んだ西欧人が辿《たど》る運命が描かれた物語である。読むと、いったいそれはどこにあるのだろう、と空想を膨らませたくなるような魅力的な土地として描かれているが、もちろんシャングリラはヒルトンの想像上の土地にすぎない。

ところが、中国にはなかなかの知恵者がいるらしく、雲南省のチベット族が暮らす辺境の地に「そのシャングリラとは我らが中甸《ちゅうでん》をモデルにしたものである」と名乗りを上げた地域の長が現われた。そして、その長は、単に名乗りを上げただけでなく、自分たちの地域の名前を中甸から香格里拉、シャングリラと変えてしまったのだ。

それでどうなったかと言えば、私のようなおっちょこちょいの観光客が世界中から集まるようになった。シャングリラを名乗る土地がいったいどんなところか確かめたいと。

予想はしていたが、実際に行ってみると、その香格里拉には、ヒルトンの描いたシャングリラを思わせるものはほとんど存在していなかった。私は数日を虚《むな》しく過ごしたあとで山を下ることにした。

その下りのバスでのことだったが、隣り合わせに座った中国人の少女と長時間話をする機会に恵まれた。彼女が私より上手な英語をしゃべったからだ。

彼女は専門学校の学生で、シャングリラの出身だが、これから四川《しせん》省の成都《せいと》の近郊にある学校に帰るところなのだという。それにしても、どうしてそんなに英語を上手に話すことができるのか。それは、彼女が、航空管制官を養成する学校に通っているからだった。授業も英語でされることが多いのだという。

話をしているうちに、彼女のお父さんの仕事がライターだということがわかった。もうリタイアしてしまったが、雲南省の珍しい動物について書いたり写真を撮ったりしていたのだという。

POLICE

中国で文筆家のお嬢さんと話をしているという事実が面白く、実は私も日本で文章を書いているのだと話した。

すると、彼女は、まさに眼を輝かせるという感じになって訊ねてきた。

「どんな文章を書くんですか？」

どう説明したらいいだろう。考えているうちに、自分の作品が中国語に訳されていることを思い出した。たとえば、そのうちの一冊である『深夜特急』は『午夜快車』というタイトルで出版されている。私はメモ帳に《午夜快車》と記し、このようなタイトルの本を書いているのだと言うと、彼女が私を驚かせるようなことを口にした。

「この本、わたし知っています」

「知ってる？」

私はつい疑わしそうな声を出してしまった。中国で出版されているといっても、せいぜい数千部止まりのはずだ。しかし、彼女の言葉は嘘《うそ》ではなかった。

「香港《ホンコン》からロンドンまでのトラベローグですよね？」

その通り、トラベローグは紀行文という意味である。

私が驚きつづけていると、彼女が説明してくれた。

「申し訳ないんですけど、わたしはまだ読んでいないんです。でも、わたしの親友が

『午夜快車』のビッグ・ファンなんです」

ビッグ・ファン！　なんとすばらしい言葉の響きだろう。それにしても、こんなところで、中国のライターのお嬢さんに会い、しかもその人が私の作品を知っているとは……。

私が感慨に浸っていると、彼女がこんなことを話し出した。

「わたしは、親友と違って日本のノヴェルは読まないんですけど、日本のカトゥーンは大好きなんです」

カトゥーンとは漫画を意味する。彼女が好きな日本の漫画家とは誰のことだろう。

「どんな人が好きなの？」

「＊＊＊＊」

彼女は答えてくれたが、中国語の発音なのでわからない。そこで、メモ帳に書いてもらうことにした。

《宮崎駿《みやざきはやお》》

なるほど、彼女の言うカトゥーンとはアニメーションのことだったのだ。

その彼女が宮崎駿の作品の中でいちばん好きなのは『龍猫』だという。それは、たぶん『となりのトトロ』のことだろう。彼女によれば、龍はドラゴンという意味だけではなく、大きいという形容詞としても使われるのだという。

「その作品のどこが好きなの」

「家族がみんな仲がいいでしょ」

そこから、私たちの話は、一気に宮崎駿のアニメーションについての話になっていった。『もののけ姫』の話、『千《せん》と千尋《ちひろ》の神隠し』の話、それと、これは高畑勲《たかはたいさお》の作品だが、同じ「ジブリ作品」ということで彼女が大好きだという『蛍火虫之墓』、つまり『火垂《ほた》るの墓』の話……。

「沢木さんは何が好きですか？」

訊ねられて、すぐに口をついて出てきたのは『風の谷のナウシカ』だった。中国では『風之谷』とだけ呼ばれているらしい『風の谷のナウシカ』は、やはり宮崎駿の作品の中でも、そのイメージの豊かさにおいて群を抜いているように思える。そして、なんといっても、風の谷の王女であるナウシカが、「凧《メーヴェ》」と呼ばれるハンググライダーのようなものを使って飛ぶ姿が魅力的だ。

ところが、この『風の谷のナウシカ』にも、「おっと」と思わず突っ込みを入れたくなるような台詞《せりふ》が出てくるシーンがある。

冒頭に近く、ナウシカの父である王が、城に攻め入った敵兵に銃で撃たれてしまう。

その音を聞きつけたナウシカが部屋に駆け込むとすでに父は事切れている。するとかわいい顔をした少女のナウシカがこう叫ぶのだ。

「おのれ！」

まあ、この物語の舞台は、文明社会が終末的な様相を呈してから一千年が経《た》ち、なぜか中世ヨーロッパ的な雰囲気を持つ世界に逆戻りしているのだから、他の登場人物が時代がかった台詞を吐くことも受け入れられないことはない。しかし、ナウシカの台詞と言えば、その場面に至るまでは「何かしら？　胸がドキドキする」とか「一年半ぶりですもの、父が喜びます」といったようなものばかりなのだ。そこに突然、「おのれ！」が出てくると、なんとなく「不適切な言葉」なのではないかという気がしてきたりもする。もっとも、そのシーンで「まあ、なんてひどいことを」などと言われても、ちっともナウシカらしくないと思ってしまうことだろうが。

もしかしたら、梶原一騎より五歳年下の宮崎駿の作品にも、どこかに大衆的な小説や映画に通じる回路があるのかもしれない。

いつだったか、ある男性タレントが、付き合っていた女性とトラブルを起こし、醜い応酬をしたことがある。そのとき、その男性タレントが、勢い余って、自分の付き合ってきた女性はみんなロクデナシばかりだったというようなことを口走ってしまった。すると、それに怒った過去の女性のひとりが外野から参戦し、あることないことを暴露しはじめた。まさに「口は災いのもと」を地で行くような成り行きだった。

私にとって印象的だったのは、その争い自体ではなく、スキャンダルの火付け役のひとりだったベテランの芸能レポーターが言っていたこんな意味の言葉だった。

——その男性タレントの言葉はあまりにも配慮がなさすぎる。こういうときは「ひとりを除くと、あとはみんなロクデナシだった」と言うべきである。そうしておけば、みんな、自分はそのたったひとりの例外だったと思ってくれ、こういうことには決してならないものなのだ……。

それを聞いて、なるほど、これはタレントの処世術としてだけでなく、私たちの日常生活にも応用可能なことかもしれないと深く納得したものだった。

別れた女のことや男のことを人前で公言しなくてはならないのは芸能人くらいのものだろう。しかし、ついその場の勢いで仲間の悪口を言わざるをえないようなときにも、「ひとりを除いて」と頭につけておくと、万一それが誰かの耳に入ったとしても、自分はそのひとりなのではないかと思ってくれる可能性がある。あるいは、親が子を、上司が部下を、幾多の欠点をあげつらって叱責《しっせき》するようなときも、「いいところがひとつあるのだけれど」と付け加えておくだけでずいぶん印象が違ってくるかもしれない。

確かに口は災いのもとである。できない約束をしてしまったり、言わなくてもいいことを言ってしまったりしては失敗する。

そんなことは充分わかっているはずなのに、私もついよけいなことを言っては、あとで後悔する。

ある晩、銀座の酒場で呑《の》んでいた。

カウンターの隣には、ダンディーな中年男性が呑んでいて、いつしか言葉をかわすようになった。どうやら、音楽関係、それも歌謡曲に関係した仕事をしている人らしい。そこで、ついよけいなことを口に出してしまった。

「最近の歌謡曲というか、演歌には本当にいい歌がありませんね」

「やはり、そう思いますか」

そこまではまだよかったのだが、あの芸能レポーターの「ひとりを除いて」という「忠告」も忘れ、こんな風に言ってしまっていたのだ。

「まったく、最近はロクな作詞家がいませんからね」

そして、たとえば、と私は口を滑らせてしまった。

私の好きな歌手に前川清《まえかわきよし》がいる。彼が内山田洋《うちやまだひろし》とクール・ファイブというコーラスグループにいた頃はとてもすばらしい歌をうたっていた。

あれは私がまだ二十代前半の頃だった。少し年上の女優とテレビを見ていると、テレビの歌番組に内山田洋とクール・ファイブが登場してきて、前川清が「悲恋《ひれん》」を歌いはじめた。それを聞くと、演技派の呼び声も高いその女優がいかにも感に堪えないというような口調で言ったものだった。

「こんな若いのに、どうしてこんな風に歌えるんだろう……」

確かに、男の私が聴いても、胸の奥まで沁《し》み入ってくるような歌声だった。

だが、グループを出て、ソロになってからの前川清には、以前のように聴き手の心を震わせるような歌がないように思える。

そう言ったあとで、私はさらによけいなひとことを付け加えてしまったのだ。

「前川清は、ソロになってからほんとにつまらない歌しかうたっていませんよね」

すると、その男性が居心地悪そうにこう言った。

「私もソロの前川さんに詞を書いているんです」

それを聞いて、私はほとんど飛び上がりそうになってしまった。この人は作詞家だったのだ。それも前川清に詞を書いている作詞家だった。

私はしどろもどろになり、口の中でゴモゴモと弁解にもならないようなことをつぶやくより仕方がなかった。

それを見て、逆に申し訳ないと思ってくれたらしく、歌謡曲ではどんな歌がお好きなんですか、と訊《たず》ねてくれた。

そのとき、ふと思い出したのは、かつてフォークソングを歌っていたが、演歌に転向して成功したという男性がうたっていたある歌だった。

「少し前になりますけど、心が凍ったとか凍らせたとかいう歌がありましたよね」

「高山厳《たかやまげん》の『心凍らせて』ですね」

「そうです、そうです」

私がうなずくと、その男性はいくらか照れたように言った。

「それは私が作ったんです」

まったく予期していないことだったが、これで先程の失点はいくらか挽回《ばんかい》できた。

私はほっとした。それもあったのだろう。それ以外にはどんな歌がお好きですかと訊《き》かれると、思いつくままに答えていくことになった。

「えーと、台湾の……テレサ・テンでしたっけ、女の人が窓に西陽の当たる部屋から出ていくというような……」

「もしかしたら『つぐない』ですか」

「ええ、そうです、『つぐない』でした」

「私が作りました」

おっと、これで二勝一敗になった。

「それと……韓国の女性がハスキーな声で、雀《すずめ》がどうしたとかこうしたとかうたう歌がありましたよね」

「桂銀淑《ケイウンスク》の『すずめの涙』だと思います」

「あれも好きでした」

「私の作詞です」

三勝一敗！　奇跡の大逆転劇ではないか。

そこからはぐっと酒がおいしく感じられるようになり、つい夜をまたいで呑むことになってしまった。

その粋《いき》な男性が荒木とよひさという高名な作詞家だということはしばらくして知った。

だが、それにしても、このときの会話は酒場でのものであり、私の「不適切な言葉」も直後に挽回できたからいいものの、これが公共の電波に乗るものであったり、活字でばらまかれてしまうものであったりする場合には取り返しがつかないことになる。

もう十年以上前のことになる。

出版社から一冊の本が贈られてきた。包みを開けると、中には写真と文とが一体となった、いわゆる写文集が入っていた。私は、まずなにより、その表紙に強く惹《ひ》きつけられた。

それはカメラマンである横木安良夫《よこぎあらお》の『サイゴンの昼下がり』という本で、表紙には、ホーチミンの通りで偶然スナップされたという白いアオザイ姿の美しい女性の写真が載っていた。私は、しばらくすると、まるでその写真に吸い寄せられでもしたかのようにヴェトナムを訪れていた。

だが、ヴェトナムでは、そしてその写真が撮られたというホーチミンでは、観光スポットを除けば、ほとんどアオザイ姿の女性を見かけることがなかった。とりわけ、普通の女性が美しいアオザイを着て通りを歩くということがない。しかし、『サイゴンの昼下がり』の表紙の女性は、美しいアオザイを着ているだけでなく、洒落《しゃれ》たストローハットもかぶっている。もしかしたら、あの横木さんの写真は、演出されたものではないのだろうかという疑問が湧《わ》いてきた。

すると、メコンデルタのある町で、今度は私が赤いアオザイを着た美しい女性と遭遇することになった。思わずカメラを構えてシャッターを切ったが、よく見ると、それは歌のビデオクリップを撮影中の女性だった。

そこで私は、『一号線を北上せよ』という本の中で、ついこう書いてしまったのだ。

《もしかしたら、と思ったのだ。私がこのように彼女を撮っているのと同じ状況で、横木さんもあの白いアオザイの女性を撮ったのではないか。つまり、彼女は単なる通行人ではなく、何かを演じていたのであり、そこを偶然横木さんが通りかかって撮ることができたのではないだろうか、と思ったのだ》

それに対して横木さんは、その四年後に出した『ベトナムGXトラベラー』という本の中で、こう反論することになる。

《まさか。そんな周りが見えない写真家は写真家じゃない。演出された現場は、写真家だったらすぐにわかる。演出された撮影現場とはそれぐらい特殊なものだからだ。そしてあれほど写真について語り、自らも撮っている沢木は、写真の本質が見えていないのかなとちょっと寂しく思ったのも事実だ》

実際、その本には、問題の写真の前後に撮られた写真が二枚ずつ、合計五枚のカットが載せられており、それによって彼女が「演じている人」ではなく「単なる通行人」だったということがわかるようになっている。

横木さんはとても冷静に書いているが、もしこれが逆の立場だったら、私はもっと怒りを爆発させていたかもしれない。いくら私が「と思ったのだ」と書いていたとしても、読む人には断定していると受け取られても仕方がないものだった。どこから見ても、私に非があるのは歴然としている。

いつもの私だったら、そのような曖昧《あいまい》なことを公言したり、書いたりすることはないはずなのに、このときは魔が差したかのように筆を滑らせてしまった。もしかしたら、そこには、あの写真への羨望《せんぼう》、もっと言えば嫉妬《しっと》のようなものがあったのかもしれない。それが言わなくてもいいこと、書かなくてもいいことを活字にさせてしまった……。

この正月、娘に誘われて初詣《はつもうで》に行った。それも、日本で最も多く初詣客を集めると言われている明治神宮である。なんでそんなところに行かなくてはならないのだとだいぶ抵抗したのだが、どうしてもと押し切られてしまった。聞けば、明治神宮には加《か》藤清正《とうきよまさ》が掘ったとされる「清正井《きよまさのいど》」なるものがあって、娘の業界ではその井戸の写真を携帯電話の待ち受け画面にしておくと仕事が多く入ってくるという「伝説」があるらしい。

明治神宮は三日の夕方だというのに長蛇の列で、なかなか本殿まで辿《たど》り着かない。しかも、「清正井」へ続く道は、時間が遅いとかですでに閉じられている。仕方なく一時間以上並び、ようやく辿り着いた本殿には数分しかとどまることができず、あとはおみくじを引いただけで帰ってきた。

しかし、このおみくじが面白かった。木の筒に入った細い竹を引くというのは珍しくないし、そこに記された番号のおみくじをもらうというのもよくあるスタイルだ。ところが、そのおみくじには他の神社のもののように「吉」とか「凶」とかが書いてない。かわりに短歌が記されている。

あとで調べたところによると、そのおみくじの方式は戦後に考案されたものであるらしい。かつて明治神宮は国家で管理されていたが、敗戦を境にして単なる一宗教法人になった。それまではおみくじなど出していなかったが、新たに出そうということになったとき、ありきたりではないものをと知恵を絞った。その結果、当時の「総代」を務めていた宮地《みやじ》直一《なおかず》という神道学者のアドバイスもあり、「祭神」である明治天皇と昭憲《しょうけん》皇太后の短歌の中で、教訓的な意味合いを含んだものを解説つきで載せようということになったのだという。

私は知らなかったのだが、明治天皇はなんと九万三千三十二首、昭憲皇太后は二万七千八百二十五首もの短歌を作っているのだという。ちなみに、天皇の作った歌は「御製《ぎょせい》」と言い、その他の皇族が作ったものを「御歌《みうた》」と言うらしい。

そう言えば、かつて私が書いた『テロルの決算』の一方の主人公である山口二矢《やまぐちおとや》は、最後に『明治天皇御製読本』という本を熱読する。そして、たとえば、その中の「照るにつけくもるにつけて思ふかなわが民草のうへはいかにと」という「御製」に強く反応したりもしていた。

私が明治神宮で引いたおみくじは十八番で、そこに記されていたのは昭憲皇太后の「御歌」だった。その「御歌」と、裏に記された解説文を読んで、私は自分自身に対して「おっと」と突っ込みを入れたくなった。

すぎたるは及ばざりけりかりそめの
　言葉もあだにちらさざらなむ

この歌の解説はこうだ。

《何事でも、過ぎたるは及ばざるにしかず、と言って、行き過ぎはよろしくありません。特に言葉については、どんな一寸《ちょっと》したことでも、軽々しい口をきいてはいけません。むしろ沈黙の方が良い場合があります》

確かに「言葉もあだに」の「あだ」は漢字で書けば「徒」となり、無駄な、無益なという意味になる。

そして、そのおみくじの最後には、神社側のアドバイスとして、次のような一行が付け加えられている。

《言葉づかいに気をつけましょう》

はい、わかりました。

今年は、昭憲皇太后のおっしゃるとおり、言葉を「徒」なものにしないよう注意することにします。

もしどうしても悪口を言わなければならないようなことがあったら、忘れずに「ひとりを除いて」とか「ひとつを除いて」とつけるようにします。

あっ、それともうひとつ。

実写版の『あしたのジョー』で矢吹丈を演じていた山下智久《やましたともひさ》は、力石徹とのあのクライマックス・シーンでも、ついに一度も「おのれ！」と叫ばなかった。それは彼がジャニーズ事務所に所属している現代的なタレントだったからだろうか。いや、誰が演じたとしても、恐らくこの映画の監督は丈に「おのれ！」と言わせることはなかったように思われる。

だからといって、強面《こわもて》で有名だった梶原一騎も、泉下で「おのれ！」と怒ったりはしないだろう。

たぶん。

アンラッキー・ブルース

犬の人生。

そんな言葉があるかどうかわからないが、犬の犬生というわけにもいかないので、その一生を人生と言ってしまうと、これもまた人間の人生に似て実に多様なものであるように見える。

私は自宅と仕事場との往復の際、大きな公園を突っ切ることになるが、そこでさまざまな人とすれ違う。通勤や通学途中の人、ジョギングをしている人、ウォーキングをしている人、自転車に乗っている人、スケートボードの練習をしている人、散歩をしている人、ただベンチに座っている人。その中でも、最近とみに増えているのが動物を連れて歩いている人である。犬やウサギ、中にはイタチの仲間らしいフェレットや小さなブタを散歩させている人までいる。もちろん、圧倒的に多いのが犬である。

ある朝、とても大きなレトリバーが一匹だけで歩いているところに出くわした。首から赤いリードがのびていて、それを曳《ひ》きずっているが、誰もその端を持つ人がいない。公園内では犬を放してはいけないことになっているので、そうした光景はかなり珍しい部類になる。とりわけ大型犬は、たとえ性格が温和なレトリバーといえども、子供たちにどんな危害を加えるかわからないので、放すことが厳しく禁止されている。

しかし、そのレトリバーの歩き方が、いかにも老犬のようなゆったり、ゆっくりしたものだったので、そうだろうな、たまには飼い主の恣意《しい》とは別に、自分の好きな速度で好きなリズムで歩きたいだろうなと同情の念を覚えてしまった。

そこに、遠くから、もう一匹の中型犬を連れた中年女性が息せききってやってきた。

そして、そのレトリバーに追いつくと、声高に叱責《しっせき》しはじめた。

「ラブ、待ちなさい、待ちなさいと言ってるでしょ！」

しかし、ラブという名前らしいレトリバーは、まったく我関せずというようにゆったり歩きつづけている。

ようやく追いついた飼い主の中年女性は、レトリバーが曳きずっているリードを手に取ると、さらに言い募った。

「ラブ、どうして待ってないの！　待ってなさいと言ってるでしょ！」

それでもラブはチラリとも飼い主の方に眼をやろうとしない。ラブがまったく反応しないのに苛立《いらだ》った中年女性は、こんどはラブのどっしりとした尻《しり》のあたりを激しく叩《たた》きはじめた。それも、何発も、何発もである。

それを見ていた私は、この間にどういう事情があったのかはよくわからないが、ラブに対するこの「ラブ」のない仕打ちに腹が立ってきた。そして、この飼い主と長く付き合わなくてはならなかったラブの長い「人生」の困難さを思わないではいられなかった。

――やれやれ。

言葉が話せたら、ラブも村上春樹の小説の主人公のような台詞《せりふ》をつぶやいたかもしれない。

そうかと思うと、犬と飼い主が美しい愛情で結ばれている例もある。

最近よく見かけるのは、老いたり病んだりした犬を乳母車のようなものに乗せて散歩している飼い主の姿である。

初めてそういう犬と飼い主の姿を見たのは十年くらい前になるだろうか。

老女が、毛布を敷いた台車に犬を乗せ、ゆっくり押している。一瞬、状況がわからず、異様な姿に見えた。だが、すぐに、それが老いているか病んでいるかした飼い犬を散歩させてやっているのだということがわかって胸をつかれた。犬は静かに台車の上に横たわっている。たぶん老女は、そうやって、もう自力では歩けなくなった犬に外の空気を吸わせるために連れ出しているのだろうと思えた。犬は首だけもたげ眼を細めるようにして風を浴びている。以後、公園で、その老女の台車をよく見かけるようになった。しかし、やがて、犬は眼を開けているものの、ほとんど身動きできない状態になっていった。老女と犬の関係がどれほど深いものかは想像するしかなかったが、ただ、その犬が死んでしまったときの彼女の悲しみを思うと正視できないようなところがあり、出会うたびについ眼をそらしたくなったりもした。

やがて、その老女の台車を見ることはなくなったが、以後、次々とそうした台車や乳母車に乗せられた犬と飼い主を見かけるようになった。それだけ犬が長生きし、それだけ犬を大事にする飼い主が多くなったということなのだろう。

一匹で歩いていたあのラブの飼い主のような人もいれば、歩けなくなっても台車で散歩させてやるような飼い主もいる。人間の子供が生まれてくる親を選べないように、犬も飼い主を選ぶことができない。どんな人のところに行くことになるかはまさに「運」しだいなのだ。

日本ではあまり話題にならなかったが、何年か前に『10億分の1の男』というスペイン映画が公開されたことがある。タイトルからではどんな映画か見当がつかないかもしれない。原題は『インタクト』という。タクトはスペイン語で「触れること」を意味する。つまり、タクトに否定形のインがついたインタクトは、「触れていない」という意味になり、そこから「元のままの」とか、「完全な」とか、「無傷の」といった意味になっていく。もしかしたら、その原語の意味を生かしたタイトルの方が受け入れられやすいものになったかもしれない。

しかし、日本の配給会社の宣伝担当者が『10億分の1の男』などという奇をてらったタイトルにしたかった理由もわからないではない。

主人公は三人。その三人の関係を、たとえば、宣伝パンフレットではこんな風に要約している。

《飛行機の墜落事故で237人中たった1人生き残ったトマス。入院している彼の前に、謎《なぞ》の男フェデリコが現れ、カードを差し出した。ハートのエースを引いたトマスは、ある「ゲーム」にエントリーされてしまう。それは他人の「運」を奪って戦い、最後に勝ち残った者には、30年間負けたことのない「世界一の強運」を持つ老人サミュエルとの対決が待っているというものだった……》

これだけではわかりにくいが、映画の中心にあるのは、フェデリコという男の、サミュエルという老人に対する復讐心《ふくしゅうしん》である。かつて、大災害の中から助け出された強運の持ち主である少年フェデリコを、ホロコーストを生き延びたカジノ王で、やはり強運の持ち主であるサミュエルが育てていた。そして、サミュエルはフェデリコに人の運をコントロールする術《すべ》を教え込む。たとえば、ルーレットでツキにツキまくっている客の手に、うっかりした素振りで触れるだけで、そのツキを奪い取ってしまうというような術だ。しかし、あるとき、フェデリコはそういう生活がいやになる。そして、サミュエルのもとから離れようとする。それを静かに受け入れたかに見えたサミュエルは、最後にフェデリコを固く抱擁する。だが、それによって、フェデリコの運のすべてを奪いつくしてしまうのだ。

フェデリコは、サミュエルの運に勝てる強運の持ち主を探しつづけることになる。サミュエルに復讐するために。そして、ようやく見つけたのが、飛行機事故でたったひとり生き残ったトマスだったのだ……。

展開に粗さはあるが、そのスタイリッシュな映像と、なにより「運」というものをドラマの中心に据えた物語の構造が新鮮だった。しかし、実を言うと、私には映画そのものよりもっと強く記憶に残るものがあった。それは、パンフレットに載っていたひとつの表である。

宝くじの1等に当たる確率……2千3百万分の1
落雷にあう確率……1千万分の1
飛行機事故にあう確率……百万分の1
ポーカーでロイヤル・ストレート・フラッシュに成功する確率
……64万9千739分の1
カジノで百万長者になれる確率……60万分の1
交通事故にあう確率……7千分の1
このゲームで勝ち残る確率……10億分の1

これらの確率が何をもとにしているのかはわからない。ポーカーの例は五十二枚のカードの確率論によって正確に出てくるのかもしれないが、宝くじの例は発行される総数が何枚なのかによっても変わってくるだろう。交通事故に遭う確率も、住んでいるのがどこの国のどこの都市かによって異なるだろうし、カジノで百万長者になれる確率というのだって、どこのカジノでどんなゲームをするかによって大きく変わってくるはずだ。しかし、なんとなく「不測の事態」に巻き込まれる確率の大ざっぱな感じがわかって面白い。飛行機事故にあう確率より落雷にあう可能性の方が十倍も少ないというのに意表をつかれたりする。

この表を見て、私は考えた。自分は何分の一の男であるのだろうかと。

私は同時多発テロが起きた二〇〇一年の九月十一日の朝、アメリカの上空にいた。飛行機はなんとかカナダのバンクーバーの空港に着陸できたが、北米全域の航空管制業務が機能停止の状態に陥ってしまい、二日間もバンクーバーに足止めをくらったままだった。ようやく、三日後に取材の目的地であるブラジルに向けて出発できたが、今度はアマゾン上空で飛行機事故にあってしまった。私が乗ったセスナ機のエンジンが故障してしまったのだ。最初は左のエンジンが止まり、しばらく片肺飛行をしていたものの、やがて右のエンジンも止まった。もし、下にアマゾンの森林しかなかったら、そこに墜落炎上して死んでいたかもしれない。幸運にも、森林と森林のあいだに焼き畑によって開墾された農地があった。パイロットがそこに突っ込み、飛行機は大破したが爆発せず、私たちの命は辛うじて助かった。

もし、『10億分の1の男』の宣伝パンフレットの中にある表に従えば、私は飛行機事故にあった男として「百万分の1の男」ということになる。しかし、飛行機事故にあって、命が助かる確率ということになると、それよりはるかに少なくなるはずだ。

かりに飛行機事故にあって助かるのは百人にひとりということになれば、私は一気に「1億分の1の男」になってしまう。

確かに私は飛行機事故にあって助かったが、それだけではなかった。以前にも書いたとおり、日本に帰ってくると、高峰秀子《たかみねひでこ》という希代《きたい》の名女優から「生還祝い」の銘酒をいただいた。飛行機事故にあい、命が助かり、名女優から「生還祝い」をいただく。こうなると、そんな経験をした人はたぶん世界中にひとりもいないだろうから、「世界の人口分の1の男」ということになる。当時、世界の人口はまだ六十億人台だったので、俺はどうやら「60億分の1の男」であるらしい、などと思ったものだった。

映画『10億分の1の男』のトマスは、墜落した飛行機でただひとり助かったという「運のよさ」を見込まれ、フェデリコにサミュエルとの戦いの相棒にされる。

だが、立ち止まってよく考えてみれば、そもそも墜《お》ちる飛行機に乗ってしまうということ自体に「運の悪さ」があるのであって、そこから助かろうが助かるまいが「運の悪さ」には変わりはないという言い方だってできなくもない。

私にしても、墜ちたセスナで死ななかったのは幸運だったが、そもそもそんな飛行機に乗らなければ墜ちたりする経験を味わうこともなかったのだ。確かにいくらか運がよかったので助かったのかもしれないが、もっと運のいい人はもともとそんな飛行機に乗り合わせないだろう。逆説的に言えば、「運がよかった！」などと思うことのない日々を送っている人こそ、最も運のいい人だと言うことだってできないことはない。

してみると、トマスも私も、むしろ途轍《とてつ》もなく不運な男ということになるのかもしれない。

不運な男というと、思い出すジャーナリストがいる。会ったことはないが、世界のジャーナリストの間で、最も不運な同業者として語り継がれている人物だ。

現在、経済大国への道を歩みはじめた中国にとって、その第一歩をどこにとるかは人によって異なるだろう。しかし、それが一歩目であるか二歩目であるかは別にして、その経済的成功への歩みの中で大きな意味を持ったと思われるものに、一九七二年の「ニクソン訪中」が挙げられるのは間違いない。これによって、米中の国交が回復し、日本をはじめとする西側諸国が雪崩《なだれ》を打ったように中国へ中国へと向かうようになっていった。

この電撃的な「ニクソン訪中」の発表を前にして、いわば「橋を架ける」ために先に北京《ペキン》に乗り込んだのがニクソンの大統領補佐官であり、のちに国務長官を務めることになるヘンリー・キッシンジャーだった。

隠密《おんみつ》行動を取っていたキッシンジャーは、誰にも気づかれないようにパキスタンから中国に入ろうとした。実業家を装《よそお》い、イスラマバードの国際空港からパキスタン航空機に乗り込んだ。

ところが、ひとりだけ、その実業家風の男がキッシンジャーではないかと気づいた人物がいた。それはたまたまそこに居合わせたイギリスの「デーリー・テレグラフ」紙の通信員で、彼は空港関係者にこう訊《たず》ねたのだという。

「あの男はキッシンジャーに似ているけど」

すると、関係者はあっさりと答えた。

「そう、キッシンジャーさ」

「どこに行くんだろう？」

「中国だよ」

それを聞いて、通信員は驚愕《きょうがく》した。中国とはまるで天敵同士のようにいがみあっているはずのアメリカの、その大統領の懐《ふところ》刀《がたな》が中国に向かっている。いったい、何が起ころうとしているのか。

彼は、震えるような思いで支局に戻ると、ロンドンの本社に至急電を打った。

った。

「キッシンジャー、中国入り！」

ところが、それを受け取った本社の当直デスクは、簡単に屑入《くずい》れに投げ込んでしまった。

「あいつはまた酔っ払って、つまらない夢でも見たらしい」

どうやら、その記者は酒呑《さけの》みで有名だったらしいのだ。

こうして、「キッシンジャー訪中」という世紀のスクープを、彼は酒が原因で逃してしまった。そのときは酒を呑んでいなかったにもかかわらず、である。彼は、世紀のスクープを「逃した記者」として世界的に有名になってしまった。

しかし、これなど、同業者がパブでビールを呑みながら、どこか楽しげに話すことのできる不運さであるような気もする。それに、世紀のスクープを「ものした記者」のことであったら、これほど長いあいだ、しかもこれほどの共感的関心をもって語られはしないだろうから、本当に運が悪かったのかどうかわからないところがある。

これもやはりイギリスの話だが、人類の全歴史を通して最も偉大な音楽家は誰かというアンケートをとったところ、圧倒的な票を集めたのがモーツァルトとビートルズだったという。

その話が何かで読んだきちんとした情報なのか、それこそイギリスのパブでビールでも呑みながら聞いた与太話なのか判然としないのが情けないところだが、モーツァルトとビートルズというのはなかなか悪くない答えのような気がする。もっとも、モーツァルトはどこの国で訊《き》いてもトップグループに入るかもしれないが、ビートルズが入るかどうかはわからない。それはやはりイギリスであるからかもしれないとも思う。

ビートルズの中心には常にジョン・レノンがいたが、そのバンドの最初の名前は「ザ・クオリーメン」というものだった。クオリーはジョンの通うリバプールのグラマー・スクール、中学と高校を併せたような学校の名前だった。しかし、「ザ・クオリーメン」を結成して半年後、ジョン・レノンがポール・マッカートニーと出会い、バンドに加入させることによって、他のメンバーが次々と脱退していく。やがて、そこにポール・マッカートニーの友人のジョージ・ハリスンが加わり、バンドの名前も、「シルバー・ビートルズ」から「ザ・ビートルズ」となっていく。ドラマーだけがなかなか定着せず、リンゴ・スターの加入によって「ザ・ビートルズ」の最終形となるのは、「ザ・クオリーメン」が結成されてから五年後のことだった。

不運だったのは、途中で「ザ・クオリーメン」を脱退したメンバーたちである。残

っていれば、あの「ザ・ビートルズ」になれたかもしれないのだ。つまり彼らは、ビートルズになれなかった男たちであり、「人類の全歴史を通じての最も偉大な音楽家」になりそこねてしまった男たちということになる。

だが、そのビートルズになれなかった男たちは、初老に差しかかった頃、「ザ・クオリーメン」を再結成することになる。すると、イギリス国内ばかりでなく、ロシアや日本からもお呼びがかかるようになった。ビートルズのライヴを見ることのできなかったファンは、その前身である「ザ・クオリーメン」を聴くことで、ノスタルジックな思いを満足させるらしいのだ。

彼らは、ジョン・レノンのように狂信的な男に射殺されることもなく、ポール・マッカートニーのように何度も薬物事件で挙げられることもなく、いまでも趣味としてのバンド活動を楽しんでいるという。ある意味で、とても幸せな老後を送っていると言えるかもしれない。

しかし、イギリスのBBCが制作したドキュメンタリー映像の中では、そのメンバーのひとりが、音楽のビジネスで極限まで行けなかったことに一抹の寂しさを覚えるという意味のことを述べていた。息子に家の一軒も買い与えてやることができなかったしね、と自嘲《じちょう》的につぶやきながら。

そうなのだ。人は穏やかな生活に憧《あこが》れながら、しかし、波瀾《はらん》万丈の生活に憧れもする。それが人間というものなのだ。「ザ・ビートルズ」と「ザ・クオリーメン」の人生。どちらが幸運であり、どちらが不運であったのかは、たぶん誰にもわからない。

以前、アメリカで、ハロウィン・パーティーに出席しようとしていた日本人留学生が訪問する家を間違えたため射殺される、という事件が起きた。当人はタキシード姿だったが、同行者が頭と手足に包帯を巻き、首にはギプスをつけるという奇妙な扮装《ふんそう》をしていたため、その家の住人が強盗と勘違いしてしまったのだ。

「フリーズ！」

住人はそう言ったが、日本人留学生にはその意味がわからず、家に入ろうとして射殺されてしまった。フリーズは、凍らせるという動詞だが、口語的に、そのまま、じっとしていろという意味にも使われる言葉だったのだ。

この住人は逮捕され、起訴されたが、無罪となった。

だが、これを機に、アメリカにおいても、あらためて銃規制の問題が論議されるようになった。その機運もあってのことだろう。あるとき、これはアメリカのCBSが制作したドキュメンタリー番組だったと思うが、二人の人物が取り上げられた。

ひとりは、レストランでの大量無差別殺人に遭遇してしまった若い女性である。

彼女は両親と街のレストランで食事中、闖入《ちんにゅう》した男にライフルを乱射され、自分は助かったものの両親は二人とも射殺されてしまった。

乱射が始まったとき、彼女はテーブルの下に身を伏せながらハンドバッグの中を探ったという。護身用のピストルが入っていないかと思ったからだ。しかし、車の中に置いてきてしまっていたため、父母だけでなく多くの人が殺されるのを空《むな》しく見ていなくてはならなかった。だから、と彼女は言うのだ。すべての市民に銃の携帯を許すべきだと。彼女は、事件以後、銃の携帯を許可する法律の制定に向けて市民運動を展開しているという。

もうひとりは、家に銃があるばかりに大切な娘を撃ってしまった父親である。

十代半ばの娘が、ある日、友達の家に泊まりに行った。いわゆる、パジャマ・パーティーに出かけたのだ。その夜、二階で不審な物音がするのを聞いた父親は銃を片手に上がっていった。物音は寝室のクローゼットから聞こえてくる。父親は銃を構えて「誰だ！」と詰問《きつもん》した。その瞬間、中から、「ワッ！」と声を挙げて飛び出してきた人影があり、驚いた父親は思わず銃の引き金を引いてしまった。弾は命中し、相手は倒れた。倒れたのは、父や母を驚かせてやろうと、友達の家に泊まりに行くと嘘《うそ》をつき、夜になるのをじっと待っていた娘だった。

銃がなかったために父母の死を黙って見ていなければならなかった娘と、銃があったために娘を殺してしまった父親。二人の見た地獄は、銃の「携帯」や「規制」というようなことで解決できるものでもないように思える。

とりわけ、娘を撃ってしまった父親の話で悲劇的なのは、クローゼットから誰かが「ワッ!」と飛び出してきたとき、途中でそれが自分の娘だとわかったが、そのときはすでに遅く、引き金を引く指を止められなかった、というところだ。相手が愛する娘だとわかりながら引き金を引いてしまった何百分の一秒かの時間。その凍りついたような時間を、彼は一生忘れることはできないだろう。まさに、不運を凝縮したかのような瞬間である。

しかし、裁判で無罪になったその父親は、娘を撃ってしまった銃は処分したが、別に新しい銃を買ってあるという。彼の住む地域では、銃を持たないことの方が不自然だからと。

あの『10億分の1の男』を監督したのは、フアン・カルロス・フレスナディージョという恐ろしく長い名前の人物である。彼は自分で脚本も書いていて、そのアイデアが閃《ひらめ》いたときのことをインタヴューで語っている。

あるとき、乗り損ねた飛行機のチケットを大切に持っているという女性に出会った。それも、十七年も前のチケットだ。その女性は、大事な約束で人に会うことになっていたが、前夜あまりにも呑みすぎてしまい、飛行機に乗り遅れてしまった。その席はキャンセル待ちの人のものとなり、その人を喜ばせることになった。飛行機に乗り遅れて大事な約束を果たせなかった人とキャンセル待ちで席を手に入れることができた人。不運な人と幸運な人。しかし、その構図は数時間後に逆転する。飛行機は墜落し、生存者はゼロという大惨事になってしまったからだ。

フアン・カルロス・フレスナディージョは、飛行機に乗り損ねた女性に、どうしてチケットを持ちつづけているのかと訊ねた。すると、その女性は答えに詰まったが、しばらく考えたあとで「このチケットはお守りだから」と答えたという。

その答えを聞いて、フアン・カルロス・フレスナディージョはこう考える。彼女はそのチケットを一種の魔よけと考えて持ちつづけているのだろう、捨てないのは運から見放されることを恐れているのだろうと。

《まるでその切符が幸運の証《あかし》であるかのような、これを持っている限りいかなる状況においても安全に守られ、他の誰にも与えられない特権を手にしているという気にな

るのだ》

そのインタヴューを読んで、私は、果たしてそうなのだろうかと思ったものだった。彼女は、なぜ持ちつづけているか自分でもよくわからなかったのではないだろうか。たぶん、理由は定かでないまま捨てられなかったのだ。捨てられなかったのは、そのチケットが「幸運の証」だと思ったからではなく、不可知なものの象徴だったからだ。自分が助かり、誰かが死んだ。その理由は、いくら考えてもわからない。フアン・カルロス・フレスナディージョに訊ねられた彼女は、「わからない」と答えてもよかったのだ。しかし、考え、なんとか導き出してきた答えが「お守り」というものだった。少なくとも、彼女が「他の誰にも与えられない特権を手にしている」などという気になっていないだろうことは簡単に推測がつく。もしかしたら、そのチケットを「幸運の証」としてより、「不運の証」として「お守り」にしているということだって考えられなくもない。

それにしても、「運」というのは哀《かな》しい言葉である。それが人知の及ばない何かを指し示すものであるからだ。

「犬の人生」にもさまざまなことが起きるとすれば、人の人生にはそれ以上に思いもよらないことが生起するものだと言えるかもしれない。しかし、因果の糸があまりにも複雑に絡《から》み合い、もつれ合い、それを解きほぐすことのできない私たちには、結果の手前にあるはずの原因の見極めがつかなくなる。なぜそうなったのか。なぜそうならなかったのか。どうして私が助かり、あの人が助からなかったのか……。

わからない私たちは、それについて「運」という言葉を使って自分を納得させようとする。あれは「運」がよかったからだ。あるいは、「運」が悪かったからだ、と。

ここ数年聞いた中で、「運」にまつわる最も秀逸な台詞《せりふ》は、クライマーの山野井泰史《やまのいやすし》から聞いたものだったかもしれない。

山野井さんは奥多摩《おくたま》に住んでいるが、ある日、トレーニングのために林道を走っていると、曲がり角でクマとバッタリ遭遇してしまった。まずかったのはそのクマが子供を連れた母親だったことである。子供を守ろうと、クマはいきなり襲いかかってきた。山野井さんは勢いがついていたため急に回れ右ができず、クマに押し倒されるように山側の斜面に押さえつけられた。そして、眉間《みけん》をガブリと咬《か》みつかれてしまった。そのとき、山野井さんは咄嗟《とっさ》に判断したのだという。両手で押しのけると、咬みつかれたまま、額や鼻を持っていかれてしまうだろう。そうすると、復元は不可能だ。そこで、むしろ、クマの頭を片手で抱きかかえるようにして、反対の腕の肘《ひじ》で殴ったのだという。すると、咬んでいた歯を離してくれた。その隙《すき》に転がり出た山野井さんは、必死に逃げた。ところが、クマも追ってくる。もう少しで追いつかれそうだったが、途中でふっと追ってこなくなった。後に残した子供が心配だったのだろうと、山野井さんは言う。

なんとか家に戻ったが、奥さんの妙子《たえこ》さんは北海道に行っていて不在である。そこで、山野井さんは隣の住人に救急車を呼んでくれるよう頼んだ。救急車からヘリコプターに移され、青梅《おうめ》の病院に運び込まれると、九十針も縫う大手術をすることになった。その結果、顔面はなんとか復元できた。

私が見舞いに行くと、山野井さんはこう言って笑った。

「あのクマは運が悪かった」

自分は野生のクマを抱くという滅多にないことができてよかったけれど、あのクマは自分に出会ったばかりに地元の猟友会の人に追われることになってしまったから、というのだ。そして、さらにこう続けた。

「うまく逃げてくれるといいんだけど……」

もしすべての人がこんなふうに考えられるなら、「運」のよしあしなどということに、あまり拘泥《こうでい》しなくてもすむようになるかもしれないのだが。

沖ゆく船を見送って

秋になると「読書の秋」ということで、雑誌などでは読書特集が多く組まれる。

その「定番」の企画のひとつとして、「もしあなたが無人島に一冊だけ持っていくことが許されるとしたらどんな本にしますか」というアンケートがある。この一年のうちでも、あの「ａｎ・ａｎ」が読書特集の号で〈「無人島に持っていく」3冊、教えて！〉というページを作っていた。一冊のところが三冊になっているが、基本的にはいつものアンケートと同じ方向性の企画である。

《もしも無人島に行くとしたら、どんな本を持っていきますか？　ブックホリックな9人の方々に選りすぐりの3冊を教えてもらいました。誰にも邪魔されず、好きなだけ本が読める読書タイム。そんな時間が持てたら、あなたは何の本を持っていきますか？》

私はその九人のように「ブックホリック〈活字中毒〉」というほどの本の読み手ではないが、それでも、時折、その種のアンケートが舞い込むことがある。しかし、申し訳ないが、私がその返事を書くことはない。書かないというより、書けないのだ。まず、私なら、無人島に上陸するというシチュエーションがどのようなものなのか考え込んでしまうだろう。

最も無理がないのは、ロビンソン・クルーソーのように、乗っている船が難破してしまったという状況だろう。しかし、もしそうであるなら、持っていく本を選んでいる暇や余裕があるはずはない。

かりになんとか本を持ち出せたとして、漂着した無人島で、いつになるかもしれない助けが来るまでひとりで生きていかなくてはならないとしたら、なにより『食用になる植物の見分け方』とか『最も確実な火の熾《おこ》し方』といった実用的な本が必要となるだろう。そもそも、船室にそんな本が置いてあるだろうか。

もしそれが「無人島滞在ツアー」とかいうものだったら、たぶん食料の心配はなく、雨露をしのぐこともできるだろうから、純粋に読みたい本を持っていくことができるかもしれない。しかし、定期的に観光船がやって来るようなところを無人島と言っていいのだろうかという疑問は残る。無人島というからには、その人が上陸するまで、人間の足跡は残されていないところであってほしい……。

そんなことを考えていると、「無人島に持っていく本」どころではなくなってしまうのだ。

あるいは、それは俊寛《しゅんかん》の鬼界《きかい》ヶ島《しま》やナポレオンのセントヘレナ島のように流刑《るけい》によるものであるかもしれない。もちろん、鬼界ヶ島もセントヘレナ島も真の意味の無人島ではなく、ただの離れ小島というにすぎないが、しかし、流刑先として無人島が選ばれたとしたらどうだろう。船で運ばれるときにいちおう本を持っていくことが許されるかもしれない。

もし、私が流刑者だったら、どんな本を持っていこうとするだろう。そこでは図書館のように借り換えができないだろうから、何度も読み返せるものでなくてはならない。再読、三読どころか、何十読もできるものであってほしい。だが、果たして、そんな本があるだろうか。かつて私が二十代のときに一年に及ぶ長い旅に出たときは「漢詩」を持っていったが、それではとても十年、二十年といった時間に耐えられそうもない。

辞書？　聖書？　歳時記？

どれも任を果たせないように思える。その結果、私は「無人島に持っていく本」を選べず、アンケートに答えられないということになっていた。

ところが、あるとき、「もしかしたら！」という奇跡の一冊が現れた。この本なら、無人島生活が何年に及ぼうと、果てしなく楽しめるのではないかという本が手に入ったのだ。

私は基本的に博打《ばくち》が好きなタイプではない。だから、日常的に競馬場や競輪場に足を運んだり、頻繁に麻雀《マージャン》の卓を囲んだりするということはない。

かつて蠣殻町《かきがらちょう》で知り合った相場師は、商品相場という国家公認の大きな博打場があるというのに、どうして競馬だの麻雀だのという小博打をしなければならないのかわからない、と嘆いていた。しかし、私が博打をしないのはその相場師のように大博打をしているからというのではない。人生において右か左かという選択をするとき、私はかなり大胆な、だから他人から見れば博打的な行動を取るらしい。だが、博打そのものはさほど好きではないような気がする。たぶん、金が増えたり減ったりするということにあまり関心がないからだろうと思う。

私はこれまで財布というものを持ったことがない。金はそのとき使えるだけのものがジーンズのポケットに突っ込まれている。それがなくなれば、またあるだけの金をポケットに突っ込んでおく。かりに、使える金がなくなり、ポケットに一円も入れられないようなときがあっても、それはそれで構わない。金を使わないで過ごすことが苦痛ではないからだ。あればあるだけ使ってしまうが、なければないでいつまでも我慢することができる。いや、それを我慢とも思わない。私にとって個人的に必要な金とは、わずかな本代と酒代だが、本と酒がなければ日が過ごせないというほどでもない。

だから、最近『稼ぐ人はなぜ、長財布を使うのか？』という本が出版されたのを知って驚愕《きょうがく》した。およそそんなものを持つ人生だけは送りたくないと思っていたが、「稼ぐ人」になろうとするならあの不格好な財布を持たなくてはならないらしいのだ。そこで本屋で立ち読みしてみると、さらに驚くべきことが記されてあった。

財布の購入価格×２００＝年収

著者によれば、「その人の持っている財布の値段の二百倍＝その人の年収」なる等式が成立する傾向にあるというのだ。五万円の財布を持っていれば年収一千万円、十万円なら二千万円。なんと、財布を持っていない私の年収はどこまで行ってもゼロということになるらしい。

しかし、これまで、財布を持たない人生を送っていても、あまり大きな不都合は起きてこなかった。大学時代まではいろいろなアルバイトをしたが、学校を出てからは金を得るため必死で何かをしたという記憶がない。金はいつもなかったが、それで苦労したという記憶がないのだ。

たぶん、私のそうした生活態度や性向が博打に「淫《いん》する」ことをさせなかったように思える。

ところが、ただ一度だけ、二十代のときの長い旅の途中で博打をしつづけたことがある。

それはマカオのカジノで遭遇した「大小」という博打だった。私は足掛け三日にわたって大小の卓にへばりつき、金を賭《か》けつづけた。そのときは、博打に「淫する」気持がわずかながら理解できたように思えたが、旅から帰ってくるとまた博打は遠いものとなった。

その私が、あるときから外国のカジノに通い詰めるようになったのには理由がある。簡単に言ってしまえば、私は「バカラ」という博打を発見してしまったのだ。いや、バカラに発見されてしまったと言い換えてもよい。

もう二十年以上も前のことになるが、阿佐田哲也《あさだてつや》こと色川武大《いろかわたけひろ》が岩手の一関《いちのせき》で倒れ、亡《な》くなった。ところが、自分にとって何人もいないはずの敬愛する先輩の死に際して、私は一編の追悼文すら書くことができなかった。書けなかったというより書きたくなかったのだ。追悼は、ひそかに、ひとりで行いたかった。

半年後、私はマカオのカジノに行った。それは、色川さんが「いつか一緒にマカオのカジノに行こう」と言ってくれていたことをふと思い出したからだ。

色川さんが、同じカジノでも、ラスヴェガスやモンテカルロではなくマカオを挙げたのには理由がある。私が文庫の解説を書いた阿佐田哲也名義の『新麻雀放浪記』の舞台がマカオだったのだ。私は、色川さんを追悼するため、ひとりでマカオのカジノに行くことにした。

私はそこで初めてバカラに遭遇したのだ。

なぜバカラだったのか？

それは、『新麻雀放浪記』の主人公である「坊《ぼう》や哲《てつ》」が、最後の最後に大勝する博打がバカラということになっていたからだ。私はどうせ色川さんの追悼のためなら、まったく未知の博打であるバカラをやってみようと思った。

そして一週間、私はマカオのカジノ・ホテル「リスボア」でバカラの卓に座りつづけた。やがて一週間が過ぎ、バカラの卓から離れ、水中翼船に乗ってマカオを後にしたとき、私は色川さんの追悼という最初の目的をなかば忘れ、バカラという博打に思いがけないほど強く惹《ひ》きつけられている自分に気がついて驚いた。

バカラとは、日本で言えばオイチョカブのような博打である。といっても、オイチョカブを知っている人がそう多くいるとも思えないので少しルールを説明しておくと、こういうことになる。

オイチョカブでは花札を使うが、バカラはトランプのカードを使う。ジョーカーを除いた五十二枚のカードを八組、四百十六枚のカードをよくシャッフルして筒状の長い箱に入れる。ディーラーがそこからカードを順に一枚ずつ抜き取り、バンカー側とプレイヤー側の双方に二枚ずつ、場合によっては三枚配る。勝負は、それらのカードの合計数の下一桁《しもひとけた》の大小で決まる。大きい方が勝つのだ。ただし十以上のカードはすべて十とカウントされるので、たとえば、五と三なら八だが、五とキングなら十五となって五となる。すると、最高の数は九であり、最低は〇ということになる。

客は、カードが配られる前に、バンカー側の数字が大きくなるか、プレイヤー側の数字が大きくなるかを予測してそのどちらかに賭けるのだ。

私はマカオからの帰りの水中翼船の中で、一週間の勝負のあれこれを思い出しているうちに、このバカラという博打の「必勝法」を見出《みいだ》したいという途方もない願望を抱いてしまった。

博打に必勝法などあるはずがない。とりわけ、バカラのような一種の丁半博打に必勝法は存在しない。あればとっくにカジノがつぶれている。しかし、それでも必勝法を見つけたい。いや、必勝法などないということが骨身にしみてわかればそれでもいい。私が必勝法を見つけたいと思ったのは、金を得たいからではなかった。私はバカラという博打を「知り尽くしたい」と思ってしまったのだ。

以後、そのような思いを抱きつつ、さまざまなカジノで何昼夜も何十昼夜もバカラをしつづけてきた。

発端となったマカオのカジノはもちろん、アメリカのラスヴェガスやアトランティック・シティー、プエルトリコのサンファン、オーストリアのウィーン、フランスのニースやカンヌ、モナコのモンテカルロ、ポルトガルのエストリル、ハンガリーのブダペスト、トルコのイスタンブール、モロッコのマラケシュ、オーストラリアのシドニーやゴールドコースト……。

機会を見つけてはカジノに寄り、バカラの卓に座る。バカラ以外の博打は、ブラック・ジャックもルーレットも、もちろん大小もやっていない。ひたすらバカラとそれ

ONE
THE UNITED STAT
IN GOD WE
NOVS ORDO SECLORUM
ONE
ONE DO

に類する博打だけをやりつづけてきたが、残念なことに、それでもまだ「必勝法」は見出せていない。

先頃、マイケル・サンデルの『ハーバード白熱教室』という政治哲学の講義が、テレビで十二回も放送されることによって大きな話題を呼んだ。すると、それからしばらくして、シーナ・アイエンガーの「コロンビア大学ビジネススクール特別講義」というサブタイトルを持つ本が出版された。明らかに、二匹目のドジョウを狙《ねら》ったという気配が感じられないこともないが、私にはこれが意外なほど面白かった。

シーナ・アイエンガーは、インド出身のシーク教徒の両親のもと、移住先の北アメリカで生まれた女性で、少女時代に視力を失いはじめ、ハイスクール時代に全盲になってしまう。その彼女が、大学に進み、アメリカのスタンフォード大学で社会心理学の博士号を取得する。その努力だけでも大変なものだったと思われるが、さらに研究を続けてコロンビア大学のビジネススクールの教授になる。

こうしたプロフィールも魅力的だが、なんといってもその本のタイトルがよかった。『選択の科学』というのだ。

シーナ・アイエンガーが切り開いた研究のひとつに、多すぎる選択肢は人を行動から遠ざけるというものがある。名づけて「ジャムの研究」。彼女は、スタンフォードの大学院生の時代に行った実験で、スーパー・マーケットの試食コーナーに置かれたジャムの品数と、実際の購入につながった客数が逆比例することを証明したのだ。つまり、二十四種類ものジャムを試食コーナーに置いた場合と、六種類しか置かなかった場合を比べると、六種類しか置かなかったときの方が六倍以上も客が購入することにつながったというのである。

この実験は、現実にさまざまなかたちで応用され、たとえばP&G社ではシャンプーの品数を少なくすることで売り上げを伸ばしたりしているのだという。

それはそれとして、私が最初にこの本を手に取った動機には不純なものが含まれていた。なにしろ『選択の科学』というのだ。あれか、これか。博打《ばくち》とは選択によって成り立っていると言ってもいいくらいのものである。もしかしたら、博打に応用のきく知見がちりばめられているのではないか、と思ったのだ。

残念ながら、その希望的観測ははずれてしまったが、本文中には、なるほど、と感心する部分がいくつもあった。

冒頭に近く、彼女が実施したものではないが、ラットに関する興味深い実験が紹介されている。

細長いガラス瓶にラットを一匹ずつ入れて水で満たし、泳ぐか溺《おぼ》れるかしかないという状況を作り出す。すると、体力的には同じはずのラットが、個体によって、わずか十五分で諦《あきら》めるようにして溺れてしまうものと、六十時間も泳ぎつづけてからようやく溺れるものとに別れた。

その差はどうして生まれたのか？

次に、すべてのラットを捕まえては水噴射を浴びせ、そこから助け上げてはケージに戻すということを繰り返した。すると、今度は水で満たされたガラス瓶の中に入れられても、十五分で諦めるというような行動を取るラットが一匹もいなくなり、すべてが力の限り泳ぎつづけるようになったという。それは、ラットでさえ、困難を切り抜けた経験を持つと、自分の力で状況をなんとかしようという「意志」が生まれることを意味しているというのだ。

《わたしたちが「選択」と呼んでいるものは、自分自身や、自分の置かれた環境を、自分の力で変える能力のことだ。選択するためには、まず「自分の力で変えられる」という認識を持たなくてはならない。例の実験のラットが、疲労が募るなか、これといって逃れる方法もないのに泳ぎ続けたのは、必死の努力を通じて手に入れた（と信じていた）自由を、前に味わっていたからこそだ》（櫻井祐子《さくらいゆうこ》訳）

ここからどのような教訓を見出すかは自由だが、少なくとも私には、子供時代に経験するささやかな成功体験が、その人の将来に大きな影響をもたらすということをあらためて教えられたような気がする。

これを第一講とするシーナ・アイエンガーの全八講に及ぶ講義の骨子は、選択は生物の本能であるという観点から、人間世界における選択の諸相について検討を加えていくというものだった。自由に選択したつもりのものが他者に大きく影響されていたり、流行という名で「創《つく》られて」いたりと、選択という行為の一筋縄ではいかないところが次々と明らかにされていく。

中でも、私にとって、示唆《しさ》的だったのは選択の自由度と満足度との相関関係についての考察である。

たとえば、企業や官庁のような組織において、トップに位置する人とドアマンや郵便係のような単調な仕事をしている人とではどちらが心臓病になるリスクが高いのか、という調査結果が紹介されている。一般的には、組織を維持するためのプレッシャーにさらされつづけているトップの方が、「心臓病にかかってぽっくり逝《い》ってしまう確率」がはるかに高いだろうと思われがちである。しかし、意外にも、ドアマンや郵便係の方が数倍も心臓病のリスクが高かったというのだ。そして、シーナ・アイエンガーはその理由を「自己決定権の所有の度合い」にあるとする。

《上役はもちろん収入が高かったが、それより大事なことに、自分自身や部下の仕事の采配《さいはい》を握っていた。企業の最高経営責任者にとって、会社の利益責任を負うことは、たしかに大きなストレスになるが、それよりもその部下の、何枚あるかわからないメモをページ順に並べるといった仕事の方が、ずっとストレスが高かったのだ。仕事上の裁量の度合いが小さければ小さいほど、勤務時間中の血圧は高かった》

この挿話は、私がなぜバカラを好むかを思いもよらない角度から証明してくれるものになった。

バカラにおいては、いったん長い箱に入れられたカードは誰にもさわれない。つまり、ディーラーを含めて、その勝負には誰ひとりとして影響を及ぼすことができないことになっている。配られるカードが二枚になるか三枚になるかはルールできちっと決められており、ディーラーや客の恣意《しい》によって変えられることはない。

私がバカラに惹かれたのは、他人に最終決定権を持たれておらず、すべてが自分の責任において判断できるというところにあった。バンカーが勝つかプレイヤーが勝つか。すでに決定されているカードの目を、オープンされる前にただひたすら読めばよい。ブラック・ジャックのように隣に座った客の判断に影響されることもなければ、ルーレットのようにディーラーのボールの投げ入れの巧拙に翻弄《ほんろう》されることもない。あるいは、競輪のように選手の出身地の遠近や競輪学校の卒業年次に影響されることもなければ、競馬のように天気による馬場《ばば》の状態の良し悪《あ》しや調教の成功不成功によって馬の走りが違ってくるということもない。負ければ他の誰でもない自分が悪いだけなのだ。そこには博打における「究極の無垢《むく》性」がある。

たぶん、私は、ただ自分の判断だけで、自分の責任だけで結果を手に入れることが好きなのだと思う。

ところで、私と同じようにバカラに対して強い執着心を持っている人にプロ雀士《ジャンシ》の田村光昭《たむらみつあき》がいる。彼もまた、カジノのバカラでいかに勝ち越すかを考えつづけているらしいのだ。

ある晩、田村さんと新宿の酒場でばったり出くわした。そこで、彼もまたバカラを好んでやっているという話を聞いた。麻雀での稼ぎの足りない部分を補うため、年二、三回はマカオへ長期滞在してバカラをやりつづけているのだという。そのとき田村さんから聞いた話の中で、最も強い印象を受けたのは「日当」という考え方だった。私はそれについて、雑誌上で井上陽水《いのうえようすい》と対談した折に、畏敬《いけい》の念をこめて話したことがある。そもそも田村さんを私に紹介してくれたのは井上さんだったからだ。
そのときのやり取りを記せば、以下のようになる。

沢木　麻雀の田村光昭さんもよくバカラをマカオにやりに行くらしいんだ。で、バカラの話をしたことがあるんだけど、田村さんは絶対の方法があるなんて夢にも考えない。考えないけど、彼が言ったことですごく新鮮だったのは、「一日の日当分を稼《かせ》いだらやめます」って言ったのね。僕には日当分稼いだらやめるっていう発想は本質的にないわけですよ。別に日当は欲しくないわけ。だけど、それはすごく深い話で……。

井上　ちょっとね、こたえるよね。

沢木　こたえた。日当分稼いだらその日は終わって、あとはサウナなんかでマッサージしてもらいますっていうんで、上には上がいるなと思った。日当分稼いだらやめるっていうのは、彼はある程度経験則で勝ち越せるっていう感じがあるわけですよね。僕も経験則でやっていればほとんど負けないんです。しかし、それで勝っても僕にはあまり面白くない。僕は経験則ではなくて絶対の方法を見つけたいんですよ。

井上 それは本にしたいぐらいだろうね。『ハウ・ツー・ウィン』という（笑）。
沢木 もし見つけたら、そこの部分だけ袋綴《ふくろと》じにするの（笑）。
以後、会話はあちらこちらに飛んでいったが、しばらくするとまたその話題に戻ってきて、井上さんがこんなふうに総括した。
井上 でも、逆に言うと、田村さんの日当分が浮けばいいっていうのは、むしろそっちのほうが押さえた感じがあって、大人っぽいし、玄人《くろうと》っぽいし。つまり、そこに夢なんかを見てない感じが……たまたま沢木さんと比較すると、そっちのほうが深いですよね、博打に対する認識が。
沢木 歴然とね。
井上 日当分でいいんだ、遊ばないんだっていうことですからね。
ところが、しばらくしてまた田村さんに酒場で会うと、雑誌に載ったその対談を読んだらしく、とても面白かったと言ってくれたあとで、しかし、あそこには誤りがあると言われてしまった。「日当分」ということについて、あなたは勘違いをしているというのだ。

田村さんによれば、「日当分を稼いだらその日はやめる」ではなく、「日当分を失ったらその日はやめる」なのだという。一日の日当はこれくらいと自分で決めておき、それを失ったら潔《いさぎよ》くバカラの卓を立つのだという。

そう言われて、また考え込んでしまった。

私と井上さんは、勝っているにもかかわらず、一日の予定の稼ぎがあればそこでやめてしまう、というところに職業的なギャンブラーの凄《すご》みを感じていた。ところが、実際は、その日の限度額以上はプレイしないという、ごく普通の考え方だったのだ。

しかし、である。勝っているのにそこでやめてしまうことが本当に「凄い」振る舞いなのか。限度がきたらそこでやめる、あるいはやめられるということがそれほど「普通」なことなのか。実は、考えれば考えるほどわからなくなってくることではあったのだ。たとえば、博打には勝つ日もあれば負ける日もあるという前提に立つなら、勝っている日の儲《もう》けの額に上限を設けるのはかなり危険なことと言わざるをえない。なぜなら、勝てるときに勝っておかなければ、負けを吸収しきれない可能性が出てくるからだ。また、限度額を超えたらやめるという自制心は、実は最も素人《しろうと》にないものだともいえる。

では、カジノで勝ち越すためには果たしてどちらがいいのか。日当分だけ浮いたらやめるのか、限度額だけ沈んだらやめるのか。あるいは、その両方を組み合わせるべきなのか……。

ことほどさように、博打においていかに勝つかということについての考え方は多様で深いのだ。誰にとっても、必勝法までの道程は遠いということなのだろう。

残念なことに、その田村さんは、最近マカオ通いをやめてしまったという。

「碁会所に通うのが楽しみになってね」

そんな枯れたことを言って笑っていたが、私はまだ必勝法を見つけようという意志を捨ててはいない。

いや、それどころか、バカラの必勝法をテーマにした壮大な物語を構築したいという夢まで抱いているくらいなのだ。

あるとき、そんな私をよく知るアメリカ在住の知人からプレゼントが届いた。航空便の包みを開けると、そこには一冊の不思議な本が入っている。

タイトルは『WBS CHART BOOK』という。しかし、本とは名ばかりで、ほとんどザラ紙に印刷された一覧表を束ねただけというような造りのものだった。そして、そこに印刷されているのは、九十九パーセントが数字なのである。

だが、その数字こそ、バカラの必勝法を日夜考えている私には『福音書』の中のイエスの言葉より貴重なものであったのだ。

この本のタイトルにある「WBS」とは、「ウィニング・バカラ・ストラティジー」の略で、「バカラに勝つための戦略」というほどの意味である。

著者は、その前書きによれば、世界で最初にバカラにカウンティングのシステムを導入した戦略を考え出した人物であるという。

カウンティング・システムとは、ブラック・ジャックで有効とされている方法論で、極めて単純化して言ってしまえば、客がカードの出方を逐一記憶していき、カジノ側に有利な数のカードが多く出てしまった頃合いを見定め、賭《か》け金を増やして勝負に出ていくという方法論である。

だが、カジノ側と客の勝負というかたちを取らないバカラでは、このカウンティング・システムの明瞭《めいりょう》な有効性は見出《みいだ》せていないとも言われている。

しかし、私にとってその本は、カウンティングのシステムを構築するためでなく、「私の必勝法」を模索する上で、実に重要な意味を持つ本になった。そのザラ紙に印刷されていた数字とは、バカラの勝負に出てくるカードの数だったからだ。

前にも述べたように、バカラは八組のカードを混ぜ合わせて使用する。その数、四百十六枚。それをシャッフルして長い箱の中に入れたものによって行われる勝負をシリーズと呼ぶとすると、一シリーズで約八十回の勝負ができる。

知人が送ってくれたその本には、コンピューターによってシミュレートされた百シリーズ、八千回の勝負に、どのような数のカードが出て、バンカーとプレイヤーのどちらが勝ったかが克明に記されていたのだ。

たとえば、バカラの必勝法を考えている私に、突然、このような戦略で賭けつづけていったら勝ち越せるのではないかというアイデアが閃《ひらめ》く。それは何回かのシリーズを試しただけでは盤石の必勝法のように見える。しかし、百シリーズ、八千ゲームを戦ってみると、たいていは、その戦略の馬脚が現れてしまう。延々とやっていくとどのような戦い方も勝率五割になってしまう。そして、それを実際にカジノでやれば、コミッション、つまりテラ銭の分だけ減っていくことになるのだ。

そのようにして、何回、いや何十回、その本を参照しながら新たに発見した戦略のシミュレーションをしたことだろう。今度こそと思うのだが、八千ゲームもするうちには、必ず勝ち負け半々になり、コミッション分だけ負け越しているという状況になる。

だが、しばらくすると、また画期的と思えるアイデアが生まれてきて、一ゲーム目から新しい賭け方を試すのだが、またそれまでと同じ結果になる。しかし、それはそれとして、その戦略の有効性を試し終わるまでに一週間近くが必要となる。そして、その期間というもの、なんとも楽しい時間が過ごせるのだ。もしかしたら、自分は世界の誰よりも早く、バカラの必勝法を手に入れたのではないかと胸躍らせながら。

この本さえあれば、たとえ無人島に流されても、何年でも、何十年でも楽しむことができる！

酒席でそんなことを上機嫌に話していたら、年下の友人に冷や水を浴びせかけられてしまった。

「でも、それって、ちょっとつらくありません？」

「どういうこと？」

意味がわからず訊《き》き返すと、年下の友人が少し哀れむように言った。

「もし、ほんとに無人島でバカラの必勝法が見つかってしまったらどうします？」

思わず、あっ、と声を上げそうになってしまった。そうだった。私はなんとなくいつまでも必勝法を見つけられないものと考えていた。見つけられないからこそいつまでも楽しむことができるが、もし本当に必勝法が見つかってしまったら、もうそれ以上その本は必要なくなり、もちろん楽しむことなどできなくなる。いや、それよりもっと重要なのは、バカラの必勝法を見つけたというのに、自分は無人島にいてカジノに行けないという事実である。

「確かに、それって、ちょっと、つらいかもしれない……」

私は年下の友人の意見に不本意ながら同意せざるを得なかった。やはり、私には無人島に持っていけるような本はないのだとあらためて思いながら。

しかし、最近では、少し考えが変わってきている。案外、それも悪くないかな、と思うようになっているのだ。

それ、とは何か？

無人島でバカラの必勝法が見つかった。だが、漂着中であるか流刑《るけい》中であるかは別にして、無人島を脱するすべがない。当然、カジノがあるような場所に行くことはできない。

鬼界ヶ島の俊寛は、沖ゆく船に向かって、芥川龍之介《あくたがわりゅうのすけ》版『俊寛』では「返せ返せ」、菊池寛《きくちかん》版『俊寛』では「小舟なりとも寄せ候《さうら》へ」と叫んだことになっているが、バカラの必勝法を発見した私は「俺をカジノのある場所に連れていってくれ！」と叫ばなくてはならなくなる。もしあの船に乗れれば、カジノで勝ちつづけることができるはずだ、それは世界の半分を自分のものにすると等しいくらいの満足感が得られるものだろう、残念無念。そう思っては、地団駄を踏んでいなくてはならなくなる。

だが、その状態も悪くないと思うようになってきたのだ。

沖ゆく船を見送りつづけているかぎりは、実際にカジノの卓に座り、これぞと信じていた必勝法が無残に打ち砕かれることを経験しなくてもすむ。つまりその必勝法は「永遠の必勝法」でありつづけることになる。

それに、考えてみれば、俊寛のように老いていく身にとって、現実に大金を手に入れることと、幻想の中でカジノのチップに埋もれることのあいだにそう大きな差があるとは思えない。少なくとも、例の長財布を持たない私のような者には、むしろ幻想の中のチップの方が持ち運びに便利であるにちがいないのだ。

あとがき

これまで、この『ポーカー・フェース』と同じスタイルのエッセイ集を二冊出している。『バーボン・ストリート』と『チェーン・スモーキング』だ。しかし、二冊目の『チェーン・スモーキング』を書き終えたとき、このようなスタイルのエッセイ集はもう出せないだろうと思った。「話のタネ」の入っている箱を逆さにしてポンポンとはたいてしまったような感じがしていたからだ。

しかし、気がつくと、空っぽになってしまったはずのその箱に、友人や知人に向かってつい酒場で話したくなるような「話のタネ」が、いつの間にかずいぶん溜《た》まっていた。

この本のタイトルを『POKER FACE』にしようということは、かなり前から決まっていた。迷っていたのは、その表記をどうするかということだった。『ポーカー・フェース』なのか『ポーカー・フェイス』なのか。

英語の読みとしては『ポーカー・フェイス』が正しいということはわかっていた。〈face〉の発音記号は〈féis〉であるからだ。

しかし、前二冊のタイトルは『バーボン・ストリート』と『チェーン・スモーキング』である。どちらも、二つの単語に音引きの「ー」が入っている。『ポーカー・フェース』なら二つとも音引きが入るが、『ポーカー・フェイス』だと片方だけになってしまう。

どちらにしようか。散々迷った末に、あえて『ポーカー・フェース』とすることにした。

最初は、新井久幸氏がひとりで編集し、年に一冊出していた「Story Seller」という雑誌に書かせてもらっていた。ところが、途中で、その新井さんが「小説新潮」の編集長になってしまったため、私の『ポーカー・フェース』も一緒に移動することになった。おかげで、一年に一編だけ書けばよかったものが、一カ月に一編という大変なことになってしまったけれど。

引っ越し先の「小説新潮」で連載の実務を担当してくれたのは松本太郎氏だった。毎月、最初の読者として述べてくれる感想に、強い刺激を受けることが多かった。

そして、書物としての『ポーカー・フェース』は、『あなたがいる場所』に続いて武政桃永さんが担当してくれることになった。

かつて、『バーボン・ストリート』を雑誌に連載したとき、すばらしい挿画を描いてくださったのは小島武氏である。『バーボン・ストリート』が、たとえば井上ひさし氏から《「ニューヨーカー」に載っても堂々と通用しそうな》といった過大な評言を受けることができたのも、小島さんの都会的な雰囲気を持つ絵の力に負うところが大きかった。

しかし、その小島さんは惜しくも二〇〇九年の十月に亡《な》くなられてしまった。もし元気であれば、この『ポーカー・フェース』にもきっと素敵な絵を描いてくださったことだろう。

新たに描き下ろしていただくことは叶《かな》わぬ夢となってしまったが、その絵を愛したひとりとして、やはり『ポーカー・フェース』も小島さんの絵で飾ってほしいと願った。そこで、「小説新潮」における連載に際しては、御遺族の手元に残っている作品の中から毎回一枚を選び、イラストレーションとして使わせていただくことにした。すでにどこかで使用されたものも少なくなかったが、それでも私は小島さんの絵によってこの『ポーカー・フェース』が飾られることを望んだのだ。

その絵を用い、この本を魅力的にデザインしてくださったのは、生前の小島さんが敬愛してやまなかった平野甲賀氏である。深く感謝したい。

二〇一一年九月

沢木耕太郎

文庫版のための「あとがき」

この文庫版の表紙もまた、小島武氏の絵である。

かつて私が、ある雑誌に「嘘《うそ》、嘘、嘘」というエッセイを書いたとき、その挿画として描いてくださったものだ。

私があえてその絵を表紙にと望んだのは、ひとつには、小島さん独特の線画ではなく、油絵風の絵だったため、強く印象に残っていたからということがある。しかし、単にそれだけでなく、そのエッセイが、私をこの『ポーカー・フェース』の世界へと導く水先案内人の役割を果たしてくれたということもあるのだ。『ポーカー・フェース』が、「嘘」という言葉を導きの糸にして事の虚実の「あわい」について語った挿話が多いのは、それが理由だった。

現在、この原画がどこにあるかわからなくなっているが、その雑誌の切り抜きが私の手元にある。そこで、文庫版を担当してくれた北本壮氏に頼んで、この切り抜きにある絵を用いて表紙にしてもらえないか、装幀の平野甲賀氏に訊《き》いてもらうことにした。

すると、その答えとして、即座にこの表紙のデザインが届いた。

小島さんは、以前の『バーボン・ストリート』でも、『チェーン・スモーキング』でも、文庫化するときになると、単行本とはまったく違った表紙の絵を描き、それを挑戦状のように平野さんに送り付けていた。素人《しろうと》の私が見ると、画面いっぱいに描かれたその絵は、どのようにタイトルや著者名を載せたらいいのか見当もつかない「デザイナー泣かせ」の作品であるように思えた。

ところが、平野さんは、いつもそこを軽々と乗り越え、いとも簡単にデザインしてしまう。

私が、今回の『ポーカー・フェース』においても、この「狼」の絵を表紙にお願いしようと思ったのには、小島さんの「遺志」を継いだという側面がなくもなかったのだ。果たして、平野さんはこの絵をどのように用いて表紙にするのか。

届いたデザインを見て、今回もただ唸《うな》るより仕方がなかった。

相変わらず、見事と言うしかない。小島さんの絵をすべて生かしながら、完璧《かんぺき》に平野さんのデザインになっている。

鋭く、それでいて力強い。

亡《な》き小島さんともども、ごく最近、東京の神楽坂《かぐらざか》から小豆島《しょうどしま》に拠点を移されたという平野さんに深く感謝したいと思う。

ありがとうございました。

二〇一四年三月

沢木耕太郎

解説

長友啓典

某月某日

新潮文庫編集部の北本さんから『ポーカー・フェース』文庫解説原稿依頼の電話があった。沢木さんといえば四十数年前、彼が学生の頃か、卒業したばかりの頃からのお付合いだ。『若き実力者たち 現代を疾走する12人』を始めとし、『深夜特急』も、『チェーン・スモーキング』も、勿論《もちろん》『ポーカー・フェース』も読んでいる。後先考えず「沢木の解説」大丈夫、自信ありだ。「了解しました」と軽く返事をしてしまった。

頭の片隅にこのことを残して日常の雑事に戻ってしまった。

某月某日

さて、彼のことをどのように呼んでいたのか戸惑った。「沢木」と呼び捨てにしていたのか。相手は学生だ、いや相棒の黒田は「沢木」だったような気がするがボクは「沢木くん」だったかなぁ、なんてったって四十年の付き合いだ、「沢木さん」と言っていた時もあったかも知れない。銀座の地下を下りていった小さな文壇バー「M」では、「沢木さん」と呼んでいたに違いない。さすがに「沢木先生」と編集者諸氏のようには本人も嫌がるので、言わなかった気がする。ボクの目の前をF1レーサーの如《ごと》く「ヴォーン」と音をたてながら疾走していったので、「沢木」、「沢木くん」、「沢木さん」、微妙な呼び方をしてしまっていたかも知れない。女の子にもてていたなぁ、笑顔が絶えず、周りには爽《さわ》やかな微風が吹いていたなぁ、そんなつまらないことを一時間程ぐだぐだと思い起こして、解説を書くのを止めてしまった。

某月某日

沢木耕太郎と初めて会ったのは、クロダ（黒田征太郎）のKとケイスケ（長友啓典）のKでK_2なるデザイン事務所ともタレント事務所ともつかない変なスペースを青山に作った時である。そのイキサツを彼は『そろそろ、いいかな。黒田征太郎・長友啓典K_2文化の金字塔の本』（講談社）にこのように書いてくれた。

……大学を卒業したものの、就職することを放棄してしまった私は、アルバイトをしてなにがしかの金を稼ぐという生活を始めていた。……そんな折に、ある雑誌社からルポルタージュを書いてみないかという申し出を受けた。……ある日、偶然、放送局のロビーで言葉をかわすことのできた黒田さんに、あつかましくも私は名刺のデザインの相談を持ちかけたのだ。不快そうな顔もせず熱心に話をきいてくれた黒田さんは、しばらく考えてからこう言った。「それ、ぼくに作らせてもらえますか？」……しばらくして、名刺ができたという連絡を受けた。その頃まだ青山にあったK_2の事務所に行くと、刷り上がったばかりの五百枚の名刺を渡された。……

そうなんです、タレントとして黒田が放送局に出入りしていた頃のことだ。「沢木耕太郎という新卒の面白いヤツに会うたでぇ」、「名刺作ったってくれるかぁ」、「こんな感じが良えと思うねん、肩書きはルポライターや」と、ラフスケッチを渡された。その名刺について彼はこう書いてくれた。

「……私はその名刺を持ったことが嬉《うれ》しかった。その名刺を出し、人と会うということが愉《たの》しくて仕方がなかった。私は嬉々《きき》としてルポライターとしての仕事に励んだ。励んだ、と思う。そのようにして何年かが過ぎ、しかし気がついてみると、私はなかば無意識のうちに、自分をその名刺に似せようとしていた。その簡潔で清々《すがすが》しい雰囲気の名刺を出しつづけているうちに、いつかそれを身にまとおうとしていたらしいのだ。それに気がついた時、私は愕然《がくぜん》とした。たかが名刺に自分が支配されているように感じられたからだ。……」と過分な文章で、少々照れくさいところもあるのだが、名刺というものの本質を、有様を、喝破されている。見事なものだ。その後、『若き実力者たち 現代を疾走する12人』（文藝春秋）を上梓《じょうし》された。

某月某日

沢木さんを語るのに周辺の人間を見てみようと思いついた。さすれば、まずは小島武である。「桑沢デザイン研究所」に通い始めたころに天才・小島武に出会った。五十四年前である。当時の桑沢はボクを含めて何年か勤めていたり、大学生であったり、さらには大学を卒業して就職したにもかかわらずまたデザインの勉強をすべく再入学して来た人たちが大半を占めていた。小島も高校卒業後、業界新聞の記者兼整理係で、図案を担当していた前歴の持ち主だった。バリバリの記者だったから弁が立ち、説得力があった。時あたかも六〇年安保の時代である。世の中騒然としていた。根っからのノンポリのボクなんかあっという間に洗脳されてしまった。小島は弁が立つと同時にある程度新聞の割り付けなどの実践を踏んで来ているので筆もペンも仲間より抜きん出ていた。そんな小島から「一緒にデッサンをやらないか」と誘われたことがあった。ゆっくり話してみるとなかなか面白く、意気投合。毎晩のように飲み歩き、語り合った。ボクは制作プロダクションに就職、彼はフリーの立場で映画、演劇、コンサートのグラフィックデザインとイラストレーションで頭角を現し、良きライバル関係が続いていた。

この話も長くなるので、途中は省略させてもらうが、三年前にある雑誌のコラムでこんなことを書いたことがある。彼は長い間、沢木耕太郎さんとコンビを組んでいた。それは絶妙なコンビネーションであった。「良えなぁ」といつも羨《うらや》んでいたほどだ。事情は分らないがそんな関係が乱れ始め、沢木さんの著書に小島武の名前が出なくなった時期があった。それで「あの繊細な小島武のイラストレーションで沢木耕太郎さんの本をもう一度飾って欲しい」、「小島武どないしとんねん」的なメッセージを送った。そしたらそれを読んだのか、誰かから聞いたのか電話が掛かってきた。「有り難う、実は目が見えなくなって絵が描けないんだ」、「二年程住所不定のホームレス状態でふらふらしていたんだ」と淡々と話してくれた。絵描きが見えなくなったら大変だ、人ごとではない。詳しく聞いてみるとあの細い線にフォーカスが合わず、二重にも三重にも見えるとのことだった。

早速ボクが主宰しているデザイン同人誌『クリネタ』にそのことを書いて欲しいと依頼した。昔ながらの的確な原稿を入れてくれた。三号続いたところで小島は鬼籍に入った。覚悟の上とはいえ、あの状態でまだ酒を飲んでいたらしい。小島らしいといえばそうなんだが、残念でたまらない。そんな気持ちが伝わったのか、本屋さんで沢木耕太郎著『ポーカー・フェース』(新潮社)が目に飛び込んできた。「小島の絵やないか」、「やっぱり良えなぁ」と叫んでいた。沢木さんのあとがきを紹介したい。ボクの想《おも》いがすべて書かれていた。

……しかし、その小島さんは惜しくも二〇〇九年の十月に亡《な》くなられてしまった。もし元気であれば、この『ポーカー・フェース』にもきっと素敵な絵を描いてくださったことだろう。

新たに描き下ろしていただくことは叶《かな》わぬ夢となってしまったが、その絵を愛したひとりとして、やはり『ポーカー・フェース』も小島さんの絵で飾ってほしいと願った。……

その絵を用い、この本を魅力的にデザインしてくださったのは、生前の小島さんが敬愛してやまなかった平野甲賀氏である。……

某月某日

東京ドームに「ローリング・ストーンズ」を見に行く。

一九六四年に桑沢デザイン研究所を卒業し、日本デザインセンターに就職をした。デザイナー人口が少なく、需要と供給のバランスがデザイナーの売り手市場であった。そこには、亀倉雄策、原弘、山城隆一の先生方をはじめとし、田中一光、永井一正、木村恒久、宇野亜喜良、横尾忠則……綺羅星《きらぼし》のごとく並ぶ先生、先輩が在籍されていた。これからの広告、宣伝にはデザインが必要だと、トヨタ、東芝、アサヒビール等、名立たる企業八社の声がかりで出来上がった会社である。

今のようにウェブもブログもない頃、パソコンだってない頃だ、世界からの情報はなかなか入手することは出来なかった。船便で二、三カ月遅れてくる雑誌を頼りに、アート、デザイン、映画に演劇、写真等の情報を得るか、海外旅行から帰ってくる限られた人達からの情報しかなかった。ある時、横尾忠則さんがヨーロッパ、アメリカから帰ってこられた時に聞いたのが「ビートルズ」なるバンドの名前だった。「凄《すご》いヤツ達がデビューしていたよ」と教わった。何が「スゴイ」のか、どのくらいの人気なのか、「ビートルズ」なるものがどんな位置にいるのか明解な答えは得られなかったが、兎《と》に角《かく》興奮されながら旅行の発表会で語っておられた（この頃、海外旅行に行くと写真のスライドを見ながらの報告会がよくあった）。ビートルズが堰《せき》を切ったように世界に伝播《でんぱ》した。色々な分野でも新しい価値観を持った新人、新人グループが登場した。一九六二年、「ローリング・ストーンズ」が結成されたと聞く。ミック・ジャガー、弱冠十九歳だ、小生とほぼ同年である。

先日、東京ドームの公演に行って来た。ビートルズはともかく「ローリング・ストーンズ」にはさほど興味はなかったのだが、知人の誘いで足を運んだ。そんなボクでも一時間前からじわじわと会場の空気感が高揚してくるのが分った。開演とともにあの時代（ボクがデザインに目覚めた一九六〇年）にタイムスリップしていた。足を踏み、手を揚げ、身体を揺っていた。友人のカメラマン（加納典明）が事務所をオープンしたそのパーティーでガンガンと鳴り響く楽曲が「ローリング・ストーンズ」だった。ミック・ジャガーの「サティスファクション」と初めての対面だ。音楽のことを詳しく分析することはできないが、「なんだ、コレは!!」今までに聴いたことのない楽曲に衝撃を受けた。奇《く》しくも東京ドームのアンコール曲が「サティスファクション」であった。あの時と同じ衝撃を受けたということは、「ローリング・ストーンズ」はこの五十年間状況が変わろうが、「軸がブレていない」ということなのだ。失礼を顧みず言うなれば、沢木耕太郎もあの頃と変わらず「軸がブレていない」のだ。良い仲間（勝手にですが）を持った幸せに浸っている。

（二〇一四年三月、アートディレクター）

この作品は平成二十三年十月新潮社より刊行された。

ポーカー・フェース

新潮文庫　さ－7－20

平成二十六年五月一日発行

著者　沢《さわ》木《き》耕《こう》太《た》郎《ろう》

発行者　佐藤隆信

発行所　株式会社　新潮社

郵便番号　一六二―八七一一
東京都新宿区矢来町七一
電話　編集部(〇三)三二六六―五四四〇
　　　読者係(〇三)三二六六―五一一一
http://www.shinchosha.co.jp

価格はカバーに表示してあります。

乱丁・落丁本は、ご面倒ですが小社読者係宛ご送付ください。送料小社負担にてお取替えいたします。

印刷・大日本印刷株式会社　製本・加藤製本株式会社

ISBN978-4-10-123520-2 C0195